にひゃくねんのこども

两百年的孩子

[日] 大江健三郎 著
许金龙 译

Ōe Kenzaburō

にひゃくねんのこども

浙江文艺出版社
Zhejiang Literature & Art Publishing House

图书在版编目（CIP）数据

两百年的孩子 /（日）大江健三郎著；许金龙译．
—杭州：浙江文艺出版社，2023.8
ISBN 978-7-5339-7244-8

Ⅰ.①两… Ⅱ.①大… ②许… Ⅲ.①幻想小说—日本—现代 Ⅳ.①I313.45

中国国家版本馆CIP数据核字（2023）第090943号

策划统筹 柳明晔
责任编辑 徐 全
责任校对 陈 玲
责任印制 吴春娟
装帧设计 董茹嘉
封面插画 董茹嘉
数字编辑 姜梦冉、诸婧琦
营销编辑 余欣雅

两百年的孩子
[日本] 大江健三郎 著 许金龙 译

出版发行 浙江文艺出版社
地 址 杭州市体育场路347号
邮 编 310006
电 话 0571-85176953（总编办）
0571-85152727（市场部）
制 版 浙江新华图文制作有限公司
印 刷 浙江省邮电印刷股份有限公司
开 本 880毫米×1230毫米 1/32
字 数 162千字
印 张 9.25
插 页 5
版 次 2023年8月第1版
印 次 2023年8月第1次印刷
书 号 ISBN 978-7-5339-7244-8
定 价 65.00元

走的人多了，也便成了路

大江健三郎在北大附中的演讲词

1

我是一个已经步入老境的日本小说家，我从内心里感到欣慰，能够有机会面对北大附中的同学们发表讲话。现在，我在北京对年轻的中国人——也就是你们——发表讲话，可在内心里，却好像同时面对东京那些年轻的日本人发表讲话。今天这个讲话的稿子，预计在日本也将很快出版。像这样用同样的话语对中国和日本的年轻人进行呼吁，并请中国的年轻人和日本的年轻人倾听我的讲话，是我多年以来的夙愿。尤其在现在，我更是希望如此，而且，这种愿望从不曾如此强烈过。在这样一个时刻，我要深深感谢为我提供了这个机会的所有人。同时，我更要深深地、深深地感谢坐在我的面前，正注视着我的各位同学。

2

在像你们现在这个年龄时，我所阅读的中国小说家是鲁迅。当然，是借助翻译进行阅读的。在那之后直至二十岁，好像还数度阅读过鲁迅的作品，尤其是被收录到《呐喊》和《彷徨》中的那些篇幅短小，却很尖锐、厚重的短篇小说。因此，当前不久我的中国朋友利用各种机会向我询问“您最初阅读鲁迅小说时大概几岁”这个问题时，我一直难以准确回答。

不过，若说起“在哪儿读的？读了哪些作品？”等问题的话，我倒是记得非常清楚——是在日本列岛叫做四国的岛屿上一片大森林里的峡谷中的村子里读的。沿河而建的那排房屋里有一间是我的家。在我家那不大的房屋前有一个院子，院里生长着一株枫树，我便在那棵树的大树枝上搭建了一座读书小屋，坐在狭小的地板上阅读小开本的文库版图书，是“岩波文库”系列丛书中的一册。让我觉得有趣并为之感动的，是《孔乙己》和《故乡》这两个短篇小说。现在，我还记得孔乙己的发音是koniti，是在翻译文本目录上的汉字标题旁用日语片假名标示的读法。这叫做注音读法，是日本人为学习难读汉字的读音而创造出来的方法。我就是依据这种注音读法来发音的。不过，在我最初阅读的那本书上，标示的是 koniti 这个读音，我便这样记了下来。然而，准确说来，是什么时候读的这书呢？

我决定借这个机会对此进行一番调查，于是，现在终于可以回答出这个问题了。事情的经过是这样的：我有一个朋友在出版社工作，就是刚才说到的岩波文库所属的那家出版社。我请这个朋友复印了出版社作为资料保存下来的那本书的第一个版本，然后，我怀着亲近感着迷地阅读了《孔乙己》。在这里，由于我希望年轻的日本人能阅读目前在日本很容易得到的这个译作，因此要做一些引用（是筑摩书房出版，由竹内好翻译的《鲁迅文集》第一卷）。刚开始阅读不久，就读到了“我从十二岁起，便在镇口的咸亨酒店里当伙计”这一行，于是，记忆便像泉水一般从此处涌流而出。这里所说的镇子，就是经常出现在鲁迅小说里的鲁镇。

说了这番话语后，叙述者便开始了自己的回忆。而我本人也回想起，最初读到这一节的时候，确实从心底里这样想道：

“啊，我们村里成立了新制中学，这真是太好了。否则，也已经满了十二岁的自己就上不成学校，将去某个店铺里当小伙计！”

1947 年，也就是我十二岁的时候，阅读了《鲁迅选集》（佐藤春夫、增田涉译）中这两个短小的作品，是作为我进入新制中学的贺礼而从母亲手里得到这个小开本书的。母亲是一个没什么学问的人，可她的一个从孩童时代起就很要好的朋友却前往东京的学校里学习，母亲以此作为自己的骄傲。此人还是女大学生那阵子，对刚刚被介绍到日本来的中国文学比较关注，并对母亲说起这些情况。我出生那一年（1935 年）的年底，母亲一直没能从产后的疲弱中恢复过来，那位朋友便将刚刚出版的岩波文库本赠送给她，母亲好像尤其喜欢其中的《故乡》。然而，两年之后，也就是 1937 年的七月，日中两军在卢沟桥发生了冲突，日中战争就此开始。那一年的十二月，占领了南京的日本军队制造了大屠杀事件。这时，即便在日本农村的小村子里，也已经不能再说起有关中国文学的话题。于是，我母亲便将包括岩波文库本《鲁迅选集》在内的，她那为数不多却被她所珍视的书籍藏进一个小皮箱里，直至度过整个战争时期。在此期间，我的父亲去世了，我升入中学的希望也越来越渺茫。实际上，也曾听说母亲打算让我去做雇工（住在雇主家里见习的少年雇工），并在某处寻找需要小伙计的店铺。

1945 年，战争结束了，战败了的日本在联合国军的占领下制定了新宪法。就连我们小孩子也都非常清楚，这个新宪法中有个不进行战争、不维持军备的第九条。教育制度也在民主主义原则下得到改革，村子里成立了新制中学，我作为第一届一年级新生升入这所中学，于是，母亲便从皮箱里取出《鲁迅选集》并送给了我。

我还曾被问及，当时你为什么喜欢《孔乙己》？最近重新阅读这部作品时，发现那位叙述者，也就是咸亨酒店被称为“样子太傻”的小伙计的那位少年，与自己有相同之处。当那位多少有些学问，却因此招致奚落的贫穷顾客孔乙己就学习问题和他攀谈时，少年“毫不热心”；但当这位客人落难之时，少年随即也流露出了自己的同情。我意识到，自己的性格与这位少年有相似的地方。

不过，在持续和反复阅读的过程中，我深为喜爱的作品却变成了《故乡》。尤其是文章的结尾处，每当遇见新的译本，就会抄写在笔记本上，有时还会把那段中文原样抄到纸上，然后贴在租住房间的墙壁上。当时我离开了儿时的伙伴，离开了大森林中的家，同时寂寥地想象着将来：我也许不会再住回到这个峡谷里来了吧（实际上，后来也确实如此）。这是刚开始在东京生活时所经历的往事。

我还是要引用竹内好翻译的结尾处这一段文章：

我想：希望是本无所谓有，无所谓无的。这正如地上的路；其实地上本没有路，走的人多了，也便成了路。

3

那么，十二岁的我深刻理解了鲁迅的这段话了吗？在这里，我要模仿鲁迅的口吻，认为无所谓已经理解，无所谓没有理解。不过有一点倒是可以确定的，那就是十二岁的我从内心里珍视这句话，认为写出这种话语的鲁迅是个了不起的人。在那之后，分别于十五岁和十八岁的时候，我又借助新的译本重新阅读了这段话语，就这样加深了自己的理解。现在，我已经七十一岁了，在稿纸上引用这段话语的同时，我觉察到，依据迄今为止的人生经历，自己确实加深了对这句话语的理解。而且我意识到，自己从内心里相信现在之中有希望，那是鲁迅所说话语的意蕴……

刚才我说过，依据迄今为止的人生经历，自己确实加深了对这句话语的理解。下面要涉及我个人的话题，请大家允许我说说那些经历中的一个具体事例。我的长子出生时，他的头部有一个很大的，瘤子一般的畸形物。如果不做手术的话，他就可能存活不下去；可如果做了手术，今后也许眼不能见，耳不能听，最终成为植物人状态。主治医生就是这样告诉我们的。于是，我就产生了动摇。然而，我的妻子却要求医生立即准备手术。

手术前，我们为儿子起了一个名字，叫作光（那是祝愿他的眼睛能够看到光明）。手术后，他的眼睛果然能够看到光明，耳朵也能够听见声音，可是，他在智力发育上的迟缓也随之显现出来了。直到五岁的时候，他还从不曾说过任何一句话。然而，有一天他似乎对电视机里传出的野鸟叫声表现出了兴趣，我便把灌装了野鸟叫声的唱片转录到录音带上，循环往复，整日里在我们家中播放。首先传出的是野鸟的叫声，片刻之后，便是女播音员的声音。这就是那个录音的顺序。鸟的叫声，鸽子；鸟的叫声，黄莺；鸟的叫声，白脸山雀……这个录音带听了一年之后，我把光带到夏日里避暑用的山间小屋去，当时将他扛在脖颈上漫步在林子里。在林子对面的水塘边，水鸡叫了起来。片刻间，骑坐在我脖颈上的光突然说道："这是、水鸡。"这就是光使用语言的开始。

以这个野鸟叫声录音带为契机，让光进行语言训练的会话，就在光与我和妻子之间开始了。后来发展到以钢琴为媒介，训练光回答出音域的名称和调子的特性。从在那片林子里第一次说出人类语言那一天算起，十年之后，光能够创作出短小的曲子了，将这些曲子汇集起来的 CD 发行后，竟拥有了为数众多的听众。虽然光现在只能说出三岁儿童的语言，可他一直持续地做着具有丰富内容的作曲工作。

光的第一次手术结束后，又接受了第二次手术，装上用以保护头盖骨缺损部位的塑料板。经过这一番周折后，光终于回到家里，开始了与我们共同生活的日子。当时，妻子什么也没说，但是我清楚，她这是决心接受智障的儿子，为了一同生活下去而在积蓄力量。另一方面，我认为自己与光共同生活的将来是没有希望的。也就是说，就光的症状而言，是不会有任何改善的可能性的。可是，在承认这一切的基础之上，自己决心接受这个孩子，并为之积蓄力量。

当光通过野鸟叫声录音带的训练而发出人类语言的时候，我觉察到一条希望之路开启了，随着光的 CD 受到很多人的欢迎，那条希望之路也便成了很多人都在行走的大道。我就是通过这样一些经历，逐渐理解了鲁迅的话语。而且，我现在同样坚信，希望是存在的，那是鲁迅话语的真实意蕴。

4

刚才我已经说了，十二岁时第一次阅读的鲁迅小说中有关希望的话语，在将近六十年的时间内，一直存活于我的身体之中，并在自己的整个人生里显现出重要意义。

接下去我想说的是，对于自己也很重要的，与希望并在的另一个话语——未来，以及有关未来这个话语存活在我的身体内部的定义是如何来到的。

不过在此之前，也就是现在，我必须预先说明一下这样做的理由，也就是我为什么要重新考虑未来这个话语，并决定在大家面前说起这个话题。我不是政治家，也不是实业家，我是一个小说家。也就是说，我没有与国家权力有关联的任何力量，也没有实际驱动政府组织的力量。同时，也没有从事将日本经济与中国经济积极联系起来的工作。

我是一个无力而又年迈的小说家，只是我认为，小说家是知识分子。这是三年前因白血病而去世的美国的文学研究家爱德华·萨义德的观点，他是我多年来的朋友，被称为学者、新闻工作者、小说家、诗人、音乐家和画家的那些人，在各自的专业领域内，用自己一点点积累起来的知识和技能从事着工作。但是，当他们认为自己所在社会的进程停滞时，就必须离开其专业领域，作为一个对社会、对国家、对世界感到担忧的非专业人士聚集起来并发出自己的声音。因为，这是知识分子的本职。作为一个知识分子，围绕日本社会的进程，我也一直与那些值得信赖的朋友一同发出自己的声音。

现在，日本与中国的关系并不好。我认为，这是由日本政治家的责任所导致的。我在想，在目前这种状态下，对于日本和中国这两国年轻人之间的未来而言，真正意义上的和解以及建立在该基础之上的合作，当然还有因此而构建出的美好前景，无论怎么说都是非常必要的。于是，我明白了自己想要述说的内容，现在在北京面对着你们，回国后在东京将要面对那里的年轻人进行述说的内容，并为此而做了相应准备。在今天讲话的结尾处，我还会回到那个问题上来。我想说的是，我认为现在日本的政治家（直接说来，就是小泉首相）有关未来这句话语的使用方法是错误的。我想就未来这句话语的使用方法谈谈自己的见解，这句话语的使用方法是我年轻的时候从法国一位大诗人、评论家那里学来，并一直认为是正确的。

小泉首相有关未来这句话语的使用方法是这样的。今年八月十五日，小泉首相参拜了靖国神社。早在两年前，我就在报纸上表示，停止参拜靖国神社是开拓日中关系新道路的第一步。长期以来，还有很多日本知识分子持有和我相同的观点。然而，尽管小泉首相的任期行将结束，作为最后一场演出，他还是参拜了靖国神社。于是，他作了这么一番发言：

在海外诸国（具体说来，就是中国和韩国吧）中，有些人说是“考虑一下历史吧”。国内那些批判者也是这么说的，他们说的是“考虑一下目前国际关系陷入僵局的情况吧”。可是，小泉首相认为自己的指向是未来。较之于过去和现在，自己是以未来作为目标的，是以与那些国家在未来共同构建积极而良好的关系为指向的。这就是小泉首相围绕自己参拜靖国神社这个现在时的行动所作的发言。

我们日本知识分子也在很认真地倾听着来自海外的批判。现在，不但政府那些领导人的声音，因特网上很多人的声音也直接传了过来。他们把日本在过去那个军国主义时代针对亚洲的侵略作为具体问题，批判日本现在的政治领导人不但不进行反省和谢罪，还采取了将侵略战争正当化的行动。

在那种时候，自己竭力忘却过去，在现实中又不负责任，在说到那些国家与日本的关系时，怎么可能构想出未来？日本周围任何一个国家的领导人以及那个国家的民众，又怎么可能信任这位口称“那是自己的未来指向”的日本政治领导人呢?!

对于如此作为的小泉首相的未来指向，我们日本知识分子持有这样的批判态度：这种未来指向最大限度地否定了我们日本这个国家和年轻的日本人本应拥有的真正的未来。

5

接下去，我要说说十九岁时在大学的教室里为之感动，并将这种感动贯穿自己生涯的有关定义未来的那些话语。

这是在法国引领了二十世纪前半叶的大诗人、评论家保尔·瓦莱里于1935年面对母校的中学生们进行讲演时说过的一段话（由于偶然的一致，这也是母亲生了我以后难以恢复的那一年，还是母亲从朋友那里得到当年刚刚出版的《鲁迅选集》那一年。而鲁迅就在那一年的翌年去世了）。我曾将这段话语翻译过来并引用在了自己的小说之中（那是我为了孩子们和年轻人而写的作品，叫作《两百年的孩子》），在这里，我仍然要引用这段话语。瓦莱里是这么说的：

> 我们最为重要的工作（被我翻译为“工作”的这个法语单词，在瓦莱里的法语中是fonction。你们之中正在学习法语的同学或许知道，在古老的文章里，这个单词也可以翻译为“职能”），就是创造未来。我们呼吸、摄取营养和四处活动，也都是为了创造未来而进行的劳动。虽说我们生活在现在，细究起来，也是生活在融于现在的未来之中。即便是过去，对于生活于现在并正在

迈向未来的我们也是有意义的，无论是回忆也好，后悔也罢……

有关未来的这个定义下得确实非常出色，因此，我似乎没有必要另外加以说明。我只是想把该讲演中的这一段话语送给北京的年轻人，而且，回到日本后如果得到讲演的机会，也会把今天这段话原样传达给东京那些年轻人。

下面，我要讲述这一段话语现在在我身上唤起的几个思考，从而结束今天的讲话。首先，我想请大家注意我所引用的瓦莱里这段话的结尾处。我再读一遍，就是“即便是过去，对于生活于现在并正在迈向未来的我们也是有意义的，无论是回忆也好，后悔也罢……”这一处。

关于过去，唤起回忆也好，后悔也罢，如果确实具有意义的话，那又是怎样一种意义呢？我在这样询问自己（这也是瓦莱里询问作为自己晚辈的那些年轻的法国人、法国的青年和少年的问题，因为这正是面对他们而进行的讲演）。然后，我想出了自己的答案。瓦莱里进行这场演讲的那一年，他已经六十四岁了。作为已然上了年岁的老人，他本人当然拥有各种各样的回忆。瓦莱里知道，已经步入老境的自己如果只是回顾流逝了的过去，只是回忆年轻时曾有过这样或那样快乐的往事等等，是不可能产生积极意义的，也不可能在自己的人生中产生足以生成新因素的力量。

那么，后悔又如何呢？自己在年轻时曾做过那般愚蠢的事情，曾对别人干下残酷无情的事情……现在回想起这一切便感到后悔了。只要是一个正常的人，上了年岁后都会想起这样一些往事并为之而后悔。对于一个人来说，这是很自然的。但是，如此这般地后悔就能够产生出积极意义吗？对于生成某种新因素就能够发挥什么作用吗？不还是没有积极意义，不能为生成新因素而发挥作用吗？如果只是一味沉沦于对过去所做坏事而引发的痛苦、遗憾以及羞愧的回忆之中，后悔自己如果没做下那坏事就好了……

但是，瓦莱里的思考却已经进入了另一个层次。瓦莱里认为，我们生活于现在，而生活于现在即是在迈向未来；我们现在生活着，呼吸着，摄取着营养并四处活动，这都是为了创造未来而从事的劳动；我们生活于现在，而且有一个非常重要的工作，那就是创造未来；因为，这是为了自己，为了社会，为了国际社会，为了国家，为了世界……

瓦莱里告诉我们，在这种时候，对过去的回忆才会产生意义，将恢复我们曾经失去的真善美，使得未来比现在更为美好，更加丰厚；在这种时候，后悔也将产生意义，使得未来不会再度出现我们为之悔恨不尽的那些愚蠢的、恐怖的和非人性的事情。也就是说，现在就要开始创造美好的未来。

我认为这个想法是非常正确的，我从内心里想把这些话语赠送给北京的年轻人，甚至是尚处于孩子年龄的你们。同时，我也想把这些话语赠送给东京那些年轻人，甚至是尚处于孩子年龄的他们。

6

现在，日本与中国的外交关系，以及日本人与中国人在精神领域非常重要的深处的关系，究竟出现了哪些恶变？出现了哪些具体而直接的恶变？那就是日本的政治领导人不愿意重新认识侵略中国和对中国人民干下极为残暴之事的历史并毫无谢罪之意。岂止如此，他们的行为还显示出了与承认历史和进行谢罪完全相悖的思维。小泉首相在今年八月十五日进行的参拜，就显示出了这种思维。其实，较之于小泉首相本人一意孤行的行为，我觉得更为可怕的，是在小泉首相参拜靖国神社之后，由日本几家大报所做的舆论调查报告显示，认为小泉首相参拜靖国神社挺好的声音竟占了将近百分之五十。

小泉首相很快就要离开政权，作为其最后的演出，他于八月十五日参拜了靖国神社。可那已经是过去的事情，作为已经过去的事物。很多日本人也许是以过去时态发出了部分支持的声音。然而，我却无法忘却瓦莱里所说的那些话语：人们现在所做的一切，都是在创造未来，准备未来。我是一个已然七十一岁的老年小说家，我深深为不远之未来的日本人的命运而忧虑，尽管那时像我这样的老人已经不在人世了。而且，我，还有我们，被一种巨大的悔恨所压倒，那就是没能在日本与中国、日本人与中国人之关系这个问题上达到目的并迎来巨大转机。

7

然而，你们是年轻的中国人，较之于过去，较之于当下的现在，你们在未来将要生活得更为长久。我回到东京后打算对其进行讲演的那些年轻的日本人，也是属于同一个未来的人们。与我这样的老人不同，你们必须一直朝向未来生活下去。假如那个未来充满黑暗、恐怖和非人性，那么，在那个未来世界里必须承受最大苦难的，只能是年轻的你们。因此，你们必须在当下的现在创造出明亮、生动、确实体现出人的尊严的未来，而非前面说到的那个充满黑暗、恐怖和非人性的未来。我憧憬着这一切，确信这个憧憬将得以实现。

为了把这个憧憬和确信告诉北京的年轻人，便把这尊老迈之躯运到北京来了。之所以这么做，是因为已然七十一岁的日本小说家，要把自己现在仍然坚信鲁迅那些话语的心情传达给你们。七十年前去世的鲁迅显然是二十世纪最伟大的小说家之一。我和你们约定，回到东京以后，我会去做与今天相同的讲演。

惟有北京的你们这些年轻人与东京的那些年轻人实现真正意义上的和解，并在此基础上展开友好合作之时，鲁迅的这些话语才能成为现实。请大家现在就来创造那个未来！

> 我想：希望是本无所谓有，无所谓无的。这正如地上的路；其实地上本没有路，走的人多了，也便成了路。

2006 年秋，于北京

目录

第一章　开始冒险以前与结束冒险之后

1

“三人组”是一些什么样的孩子呢？倘若需要首先就此多少说上几句，我觉得还是说说他们各自喜欢的话语比较合适。提起孩子们喜欢的话语，大致说来，也不总是完全一样……

每年，来自四国森林中的奶奶送出礼品后，便会注视着

“三人组”得到礼品后欢乐的模样，然后就等待他们说出回谢的话语，也就是我们现在要说起的喜欢的话语。

两年前送来的那些礼品，后来竟成为“三人组”最后一次收到的礼物。当时还在上小学六年级的明得到了六支彩色铅笔（这六支彩色铅笔的笔芯，是她非常喜爱的天蓝色）。她的面庞由于喜悦和羞怯而涨红了，回答说：

“我，和以前一样……还是‘安全’。”

比她小一岁的弟弟朔从《树木图鉴》上抬起眼睛，像是有些瞪着似的说：

“也谈不上特别喜欢，不如说是‘无意义’。”

这么说了以后，他又解释道：“我好像说得多了些，班上同学就把这当作我的绰号了。”

哥哥真木当时十六岁，往年他收到的礼物都是古典音乐的 CD 光盘，可那一年，他得到的却是装着奶奶绘制的水彩画的纸箱。他用平静的声音说：

“是‘持久’。”

2

“三人组”以“森林之家”为基地的暑假冒险结束之后，明详细说起了冒险期间也曾思考过的问题：

“真没想到，冒险的规模最终竟变得这么大！”

“不过，在现实里不也什么都没发生吗？”朔回答。

稍微隔了一会儿后，真木说：

“我去帮助‘腊肉’了！”

而且，漂亮的柴犬[①]“腊肉”现在也还在家里，当然不能说在现实里什么都没发生。尽管如此，当新年期间父母从美国回来后，“三人组”用好几天时间长谈时，朔又说到了表达同样的意思的话。

母亲当时一言不发，像是陷入了沉思，父亲则说：

“无论是经历过的这次大冒险，还是现实里什么都不曾发生过的说法，只要把‘三人组’想起来的都写进一本书中去，问题就能解决。因为如此一来，所谓你们什么都没有的看法自然就会消失。

“在这个半年期间，明和朔你们两人的身高不都增长了十厘米之多吗？真木虽说没有长高多少，不也长高了一些吗？你们的身体的几乎所有部分，都或多或少地一点点长大了。即便仅就这一点而言，我也觉得孩子们进行了一场惊人的冒险。”

① 日本原产的一种竖耳卷尾小狗，多为猎犬和看家犬。

“内心的、几乎所有部分也是如此。”母亲沉静地说。

3

“森林之家”是奶奶得知真木出生时带有智障后，打算和他一同生活而建起的屋子。不过，真木的父母并没有接受这个建议。于是，奶奶为了看望真木（明和朔出生后，便改为看望“三人组”），每年都要前来东京。然而，奶奶去年却由于身体衰弱而不能旅行了，说是至少要让真木见一次“森林之家”。写着这些内容的信件，是与奶奶一同生活的阿纱姑妈寄来的。

本来明和朔也受到了邀请，决定于那个暑假一同前往，却因为两人要参加学生社团活动和模拟考试，原定计划便没能实现。入秋以后，只有父亲和真木去了“森林之家”。于是，两人就在那里遇上了“腊肉”。

回到东京后，真木像是要说起“腊肉”的话题，所以，明就将问题写在卡片上让真木回答。

“‘腊肉’吃什么?”“腊肉。”

“‘腊肉’喝什么?”“水。”

“‘腊肉’摸上去柔软吗?”“就像夏天一样温暖。像马的身体一样柔软。”

“‘腊肉’会乱叫吗?”“在‘森林之家’，不会有那样的事。”

“腊肉”发现真木站在青冈栎树丛里，便有意隔着一段距离，姿势优美地仰视着真木。于是真木将腊肉投向这条柴犬，它就在原地吃了起来。至于其他东西，它连看也不看一眼。剩汤也不行，它只喝水。真木一度还曾抚摸逐渐熟识起来的“腊肉”。

父亲和真木动身前往东京之后，奶奶搭乘姑妈的汽车前往“森林之家”锁门。当奶奶听着已回东京的真木留下的CD时，突然觉察到一条狗正向着阳台那边抬着头。

“当时我真的在想，难道真木在阳台上吗?那条狗也几次作出吞食扔过去的食物的姿势，然后一蹦一跳地跑向山上的林子那边去了!”

听了奶奶这个电话，父亲笑着答道:“该不会是真木的灵魂前去会见‘腊肉’了吧?”

听了这番话语后，明表示“一点儿也听不懂”，于是父亲便讲述了他出生的那个村子里的传说。

每当那种特别的孩子——他们被人们称为“童子”——

想要前往另一个世界时，就钻进“千年老锥栗”① 树根处的树洞，一面祈求着遇见想要遇见的人和事物，一面沉入梦乡。如果发自内心地祈求，就能够前往想要遇见的人和事物的所在之处。

朔感到新奇，说这就是“做梦人”的时间装置。听了这话，真木用力扭过头去看着一旁。养护学校②的老师曾在家访时说过，真木同学不知道梦为何物，从那以后，真木便开始讨厌这个词语。

4

话说这个夏天，“三人组”抵达四国的“森林之家”的当天晚上，真木便不见了身影。后来仔细回想起来，其实那就是真木所有冒险活动的开始……

直至黄昏时分，真木都在那间面对窗外大片青冈栎树的起居室里听着音乐。从很小的时候起，只要广播里有古典音乐节目，他就决不会动弹一下。明和朔则整理了各自的行李。趁着天色尚早，两人吃了晚餐以后，明就去了二楼的房间，而真木和朔则进入位于一楼的寝室。

---

① 锥栗，壳斗科，落叶乔木，树高可达 30 米，胸径可达 1 米。
② 日本为残疾儿童和智障儿童设立的特殊学校。

天色完全黑了下来，明为了关闭煤气阀门刚走下楼去，住在大房子后的独间里、管理着这座住宅的鼯叔叔，便在厨房透出的光亮中招着手。

“真木没发作吧？”

于是明就前往探望，只见朔独自坐在双层床铺中属于哥哥的下铺上，正查阅着越野识途竞赛[①]用的地图。朔抬起脸来，看上去有些苍白，也不回答任何问题。明折返回去为鼯叔叔打开房门。

“哥哥说是要在‘千年老锥栗’的树洞里睡觉。”朔这样回答鼯叔叔。

“是在朔儿确认安全之后，才这么做的吧？”

“天亮后，我前去接他。”

“当他在一片黑暗中醒来，想要喝水时该怎么办？”明的心脏扑通扑通地剧烈跳动着，说话的声音也高了起来。

“我用毛毯把真木包裹起来，在毯子旁留下了瓶装矿泉水，他自己也从冰箱里带去了什么东西。”

回到厨房，打开装着姑妈前往机场接机时买的火腿以及腊肠的真空包装纸箱一看，唯有腊肉的那格内空空如也。

---

① 参加者依靠指南针和地图寻找目的地的竞赛活动。

明意识到，哥哥是去见“腊肉”了，他相信了爸爸所说的村子里的传说，相信钻进森林深处的锥栗树树洞里睡觉，就会遇见自己非常希望遇见的人和事物……

二百年の子供

第二章　鼯叔叔的秘密

1

与东京不同，这里犹如深海的海底一般寂静，就在这寂静之中，明觉得自己听到了“锃——锃——”的不可思议的声音。即便好不容易睡着，也会很快醒转过来。明认为，尽管周围还是一片黑暗，但是小鸟已经开始啼鸣，那就算是早晨了，便下楼前往盥洗室，这时，朔也起床来到了这里。

在准备出门的时候，朔的表情如同握紧的拳头一般紧绷着。于是明招呼道：

“是发出‘普罗、毕哎’叫声的鸟最早叫起来的。”

“是大琉璃鸟吧？我听那叫声却是‘毕——诘——’……”

龉叔叔正站在独间前，一副巡山的装束，与他那“森林之家”管理人的身份倒是很般配。明和朔跟随在沉默的龉叔叔身后，登上了铺满落叶和松球的道路。在进入飘溢着松脂香气的森林，踏上架在黢黑的山涧之上的木桥时，龉叔叔说，包括这四周的石墙在内，都是自己修整的。朔仔细环顾周围，然后点了点头。明听着汹涌的水流声响，想到了真木倒栽着掉落下去并被水流冲走的情景。

……以晴朗的蓝天为背景，真木猛然站立起来。除了树洞外，长满像石山一样的瘤子、因为被雷电击中而折断的树身横卧在地。从树干的腐烂处生长出了锥栗树嫩苗，真木生机勃勃的面部就出现在锥栗树嫩苗的附近。

明的声音里带着哭腔，竟没能说出话来。朔则上前收拾好放置在树洞里的毛毯、收音机以及其他物品，只有龉叔叔开口招呼道：

“早上好，真木君！”

“早上好！”

明终于可以用平常的声音说话了：

"'腊肉'来了吗？"

"它吃了腊肉。"真木回答道。

"太棒了！它还记得真木啊。"

"我也记得'腊肉'。"

平静地说了这么几句话后，真木像是要竭力回想起自己很难回忆起的某种东西，然后，他这样说道：

"奶奶也在这里呀。"

明吓了一跳，而朔早已完全放松的面庞却在晨曦的映照下熠熠生辉，他接过真木的话头说道：

"奶奶去年就已经过世了，不过，真木一定是乘坐名为'做梦人'时间装置去见奶奶的！"

"我还以为自己不会做梦呢。"真木说。

2

朔接过鼯叔叔的背囊，把真木用过的收音机、矿泉水瓶子、毛毯以及枕头都塞了进去。明也将西式睡衣折叠起来。虽说睡衣上散发出锥栗树树洞里的老蘑菇似的气味，却并没有潮湿的气息。

真木和明紧跟在背着背囊、精神抖擞地走在前面的朔的身后，行走在队伍最后面的是鼯叔叔。较之于上山时的寂静，在下山道路的周围，此时已是鸟雀交鸣。

刚一回到家里，明也抖擞起精神，用真木取走腊肉后纸箱里剩下的材料和鸡蛋准备早餐。让朔前来帮着收拾清理之后，一群头部和背部有着藏青色花纹的小鸟，鸣叫着飞到玻璃窗对面的树丛里去了。

“白脸山雀来这里吃虫子了，现在还很早呀。”朔入神地看着也是从奶奶那里得到的《野鸟图鉴》，同时这样说道。

明已经备好了床铺，可真木仍然不愿离开起居室。他回过头来向明和朔示意，让他们播放下 CD。

“真木遇见‘腊肉’时，奶奶正在这里听 CD?”朔重新提起了早餐时的话题。

“是这个曲子?”

“我放好了才出门的。”

“我觉得是莫扎特的曲子，可这钢琴也太快了。”明说道。

“是克舍尔[①] 310 号奏鸣曲。格伦·古尔德[②]弹奏这个乐

① 克舍尔（Ludwig von KÖchel，1800—1877），奥地利音乐研究家，为莫扎特一生所作 626 首曲子按年代一一编号，称为克舍尔编号。

② 格伦·古尔德（Glenn Gould，1932—1982），加拿大钢琴演奏家，被称为二十世纪最伟大的钢琴怪杰，主要演奏莫扎特和巴赫的曲子。

章的速度很快。”

坐在真木身边倾听这首曲子时，明的头脑里浮现出一副景象，好像真的看见阳台旁边的枫叶已染上秋色，已是明艳的红叶了，而奶奶则仰起头来看着这些红叶。

有一年，在谈及喜欢的话语时，真木说的是“弃儿”，这让奶奶大吃一惊。在那不久之前，真木和他的伙伴曾在养护学校后面发现一个被遗弃的婴儿。朔感佩于真木这种“救助弃儿”的行为，并建议将真木的这种行为的定义从“发现”改为“救助”。

当时，东京的庭院里枫叶正红。明还想起了奶奶所说的话语——“你们的父亲还是孩子那阵子呀，眼看自己就要在峡谷里的河水中淹死了，自己却什么也不做，就那么干等着我去救他。你们呀，是‘三人组’，要互相帮助。同时，也要培养起自救的能力……”

明说道：“昨天夜里，真木应该是回到了去年秋天的某一天吧。奶奶曾说过，爸爸和你动身回东京后，她觉得真木你好像就在阳台那边。可昨天夜里呀，真木不是在听小爵士乐队的音乐吗……”

“比起奶奶来，我觉得倒是‘腊肉’对来自未来的真木感受得更充分。因为狗的感觉要灵敏得多嘛。它不是还吃了腊肉吗？”

“我不是很认真地说了吗？”

“我去检查过了，想看看锥栗树的树洞里是否还有腊肉，但那里连一点点肉屑也没有呀。”

3

事情发生在这一天的上午。森林中那条蜿蜒的林道上有一处急坡，阿纱姑妈抱着堆得冒了尖的蔬菜菜篮，从那急坡上走了下来。昨天她还穿着麻布套装，今天却只身着一套薄薄的棉布衣裤，看上去像是一个干活儿的人。明和朔看见阿纱姑妈就迎了出去。

阿纱姑妈递过蔬菜篮子时还是笑眯眯的，可在餐桌上面面对着明和朔刚一坐下来，她就换上一副严肃的表情：

“今天一大早，明儿就和鼯叔叔前去‘千年老锥栗’树了吧？没做什么不好的事吧？”

“没有呀。真木和朔也都在一起。”

“鼯叔叔这个年轻人相当于我们的亲戚，他原先是作为峡谷里的中学教师而来到这里的。在他负责的班上有一位女生和她还在上小学的妹妹在那个树洞里过了一夜，这就成了问题，最后他只能离开那所学校。

“在所谓的‘童子’传说中，特殊的孩子只要在锥栗树的树洞里过夜，就能体验到不可思议的事情。当然，两个学生本人也有这个愿望，所以尝试了一下，但那两个孩子却没说究竟遇见了什么。听说，校长是这么告诉鼯叔叔的。

“然后，鼯叔叔在欧洲过了一段近似流浪的生活，便回到这里来了。我呢，就把管理这座宅子的工作委托给了他。”

朔这时说，昨天晚上的事是真木先说出来，自己从旁予以协助的，而鼯叔叔因为担心真木，今天一大早就一同去了。

“那我刚才的话就过于武断了。不过，我并不是很尊重森林中的传说。朔儿你学的是理科，如果说孩子在锥栗树的树洞里做上一梦，就能够自由往来于时间和空间之中，对于这样的传说，你不会相信吧？”

“反正哥哥是这么说的，而且并没有资料证明这种说法没有科学根据，因此我相信。哥哥也不是那种爱说谎的人。”

“那么，明儿，真木看见什么了？”

“他想遇见‘腊肉’，结果真就那样了。”

“好吧，那就没必要再次钻到那个树洞里去了吧？我认为还是这样为好……”

第三章　时间装置的规则

1

听明他们说完锥栗树树洞之事后，在动身回去之前，阿纱姑妈又转悠到管理人专用的小独间后面去。刚从那里回来，她就大声宣布道：

“鼯叔叔说是要请大家吃午餐！他正在做比萨，他可是有和意大利农家一模一样的炉灶啊。”

真木、朔以及明被迎到用原木树段搭建而成的阳台上，阳台占据了小独间后面的大部分空间。阳台上的木桌旁配置了各不相同的椅子。那里有比萨，有用黄油和牛奶煮过的土豆，这土豆也用炉灶炝烤出了金黄色，还有西红柿做成的沙拉。

走上阳台之前，朔先去观看了用砖块和红土建造起来的炉灶，然后说道：

“我倒觉得这与尺寸并不很大的蚁冢比较相似。”

大家拿着各自的盘子前去接受鼯叔叔端过来的比萨饼时，明看到炉灶虽然那般小巧，但灶的底部正燃烧着薪柴，说明炉灶本身在实际发挥着作用，他便想起了以前曾喜欢的话语——果敢。

隔着阳台深处那面宛若学校教室的窗子一般的窗玻璃，只见无论书架还是桌子都显得比较小。鼯叔叔一面吃着晚餐一面问道：

“锥栗树的树洞有趣吗？”

真木沉默不语。

“哥哥是不太用语言进行表述的人。”朔在一旁接过话头，“与其说有趣，不如说在那里似乎发生了非常重要的事。”

“阿纱姑妈希望最好就此结束，可是我们试着和真木商量了一下，他却好像并不赞成。”

然后，在明的目光催促下，真木说道：

“我想要对奶奶说自己喜欢的话语。”

鼯叔叔为了抽烟，将藤椅一直挪到阳台的边缘。从巨大的栗树的叶隙间洒下的阳光，使得鼯叔叔从面颊到下颚处业已发白的胡楂闪动着光亮。

“如果真木还想再去的话……我倒觉得，不论再去几次，都没什么不好。”鼯叔叔说，“只是，假如考虑到安全问题，那就‘三人组’一同上山睡在锥栗树的树洞里。即便在传说之中，也是有三个孩子……应该说是‘童子’……合力前往远方，进行了前所未有的冒险的故事。”

于是明说道：

“我们也觉得和真木一同在树洞里过夜比较合适。不过，假如遇上什么可怕的事情，那就作罢。因为，‘安全’是最重要的。”

然而，鼯叔叔却是一副早已制订好了计划的模样：

“我打算在近旁搭上帐篷，假如出现了可怕的事情，就请你们呼叫我好了。如果梦境的内容可怕，那么大家都起来就行了。不过，不可对‘做梦人’时间装置过于留恋。另外，阿纱姑妈好像已经做了准备，想让你们也见见本地的孩子们。”

2

时至下午，三个孩子乘坐鼯叔叔那辆附有棚盖的小型货车驶过水泥桥，前往河对岸的“山寺”。据说，这座目前无人居住的小小寺院，直至鼯叔叔的爷爷那一代，还一直是他们的家。

在寺院背后那片草地与杂木林相连接的斜坡上，排列着被磨成三十至五十厘米的圆形石墓。鼯叔叔把明他们三个孩子领到其中一个石墓前，只见横幅的宽面石块上，现出三个雕刻而成的人形轮廓。

“这就是‘三人童子’。你们不妨用水把浮雕的轮廓打湿。”

朔早就将手指浸入放置在石头前的茶碗，接着用水描摹浮雕浅浅的轮廓，于是浮雕上显出了三个互相握着手的孩子，正中间那个略微大一些的孩子在腹部双手交叉，其右手被左侧的孩子用左手握住，而其左手则被右侧的孩子用右手握住……

“听说，这就是想要成为‘做梦人’并进入锥栗树树洞时的握手方法。”

䶮叔叔正做出中间那个孩子的姿势让大家看。

这天下午，䶮叔叔换上了工人在工作时穿着的厚布料连裤工作服来到这里，这是为了从现在起就开始工作。

在管理“森林之家”的闲暇，他借下水泥桥桥头的一处空屋，与年轻的伙伴们一起修理汽车或是做一些小件的木工活。所谓伙伴，是指在中学里曾跟随䶮叔叔学习的那些人。说是他们虽在邻镇的高中毕业后曾去东京和大阪谋职，可最终还是回到峡谷里来了。

现在，䶮叔叔他们正在为将锥栗树的树洞改造得适宜过夜而工作。载着三个孩子的小型货车在工厂停下，三人走下车后随即开始参观䶮叔叔及其伙伴们的工作，这时，大家正在制作准备铺在树洞里的杉木地板。

3

接着，“三人组”决定徒步走回“森林之家”。

就像以往那样，真木的积极情绪一旦被调动起来，尽管他腿脚略有不便，却仍然站在“三人组”的最前面，迈着大步坚定地行走着。明紧随其后一边走着一边说道：

“真木想要对奶奶说的话，我觉得我已经知道了。”

“我也知道了！”朔说道。

关于去年秋天和真木一起住在老家期间所发生的事情，父亲刚结束旅行回到家中，就对母亲详细讲述起来。明和朔也在一旁听着。真木虽然在听着电台里的音乐节目，却也就在近旁。

在“森林之家”住了一周以后，临上出租车前往松山机场的那个早晨，真木诚挚地对奶奶告别说：

“请精精神神地死去！”

母亲认为，这是“因为奶奶总是像念口头禅似的将‘直到临死咽气时也要精精神神的’挂在嘴边，所以，真木就把这句话记在头脑里了”。

然而，对于这种显得有些轻松愉快的说法，朔却反驳道：

“作为告别，我认为这不正确。”

尽管如此，据说奶奶却表示“这是我喜欢的话语”。

初冬时节，奶奶决定住院后，曾给“三人组”打来一个告别的电话。即便在这个电话里，奶奶还是想让真木再讲一遍那句话。然而，真木却默不作声，那是因为他还记得朔的强烈反驳。

“现在呀，朔儿，如果真木借助‘做梦人’的时间装置遇见奶奶并说了那句话，你不会有意见吧？”

“真木那句话是很好的告别。我说那句话不好，是因为那时我还小嘛。”

4

与河流平行的国道旁聚居着许多人家，从这里穿行而过后，在通往森林的上山道入口处有一个广场。这个广场上有一株大树，树下聚集着身穿白色开襟衬衫、头戴中学制式帽的男生。明和朔都紧张起来，两人赶上真木时发现，他已经走近那些从两侧将身体挤过来的中学生了。

“你好！”像是挑战似的招呼声传了过来。

“你们好！”真木沉着地应答道。

真木他们从十多个孩子面前走了过去，背后随即传来哄然大笑。

“……真木，你真有勇气呀！”明说道。

“他们看着我，我也看着他们，这就容易交流了。”

朔像是在平静地思考真木所说的话语，然后他说道：

“‘腊肉’看到真木你在向它扔腊肉了吗？”

“它在空中接住了！”

“奶奶当时在起居室里吧？我觉得阳台上的真木正好位于奶奶看不到的角度。”明说，“就算情况不是这样，奶奶其实也没看到真木吧?”

“‘啊!’奶奶这样说了。奶奶还说,‘还听到真木的声音了’。奶奶最后说,‘还想再次听到那句话呀’。”

5

星期六晚间,大家吃完晚餐后,“三人组”连话也没有多说,一直在等待着。鼯叔叔取来“森林之家”管理人专用的两个手电筒,然后将其中一个交给了朔。他和朔在队伍前后用手电筒分别向前照射,澄明的深蓝色天空月光皎洁,队伍中间的明和真木并不需要使用这小小的手电筒。

进入森林后不久,朔便说道:

“制造时间装置的那些人制定了规则。假如回到五十年前的世界,会发现我们在现在这个社会里已成为了手握重权的恶人,尽管在刚穿越回去时还只是一个弱小的孩子。但是,千万不能因此而预先把那家伙给除掉……”

真木将一根粗树枝当作手杖,乓、乓地用力拨打着黑暗的草丛,因为,他就像讨厌梦这个词语一样讨厌那些带有可怕含义的话语。对真木来说,即便并不理解其语意,可他还是有能力感悟到带有可怕含义的语言。

“我只是说有那种规则,不可随意把那家伙给除掉的规则。”

虽然朔表示了歉意，可真木仍像没听见一样小声嘀咕着。听到他发牢骚后，明开口说道：

“不过，如果是这样的话，为什么还要前往过去的时代呢？我认为这‘没有意义’。”

在有树洞的那株锥栗树前面，鼯叔叔已经搭好了过夜用的帐篷。趁着天色还没黑下来，他的那些伙伴已经帮忙将货物搬运上来。鼯叔叔开始重复当时就已经提醒过的注意事项：

“除了‘做梦人’时间装置的规则外，还要请大家认真遵守我们在这里定下的规矩。

“大概真木要听电台里的节目，明儿和朔儿要看书，是吧？负责熄灯的人，是明儿。一旦煤油灯熄灭后，只要不发生特殊情况，就不要再点亮了。”

真木主要担心会摸黑起夜上厕所（上次并没有上厕所），白天就在帐篷旁的那条小路上练习行走。虽然距离锥栗树的树洞只有五米远，可真木还是在鼯叔叔站立处的常夜灯旁边的位置上来回走了一趟。

6

树洞里弥漫着新剖开的杉木板的气味，从入口向里面看去，只见在纵横交叠的地板缝隙中露出了底层木板，床垫上铺放着被褥。真木被安置在正中间（脚对着开有采光窗和通气口的门扉），两旁躺着明和朔。

枕头后方是高出一截的固定平台，上面放着煤油灯、闹钟以及便携式收音机。真木用微小的声音收听着电台里的节目，明和朔则都将书搁在胸前的毛毯上安静地阅读着。森林中好像依然传来“锃——锃——”的鸣叫声。

过了一会儿，真木关闭了收音机，于是明也“大致”（这也是朔所喜欢的话语）确认了弟弟的状态，然后熄灭了煤油灯，接着，她听见大虫子鼓足力气发出的鸣叫，灯油的气味也在树洞里弥散开来。经由门扉的窗口，帐篷里常夜灯的灯光洒了进来……

在鼯叔叔的规矩中，有一条是要求像那“三人童子”浮雕一般，明和朔分别握住真木交叉放在毛毯上的双手。可是，朔却说自己讨厌这样做，便任意摆了姿势睡着了。

只有明为了尽量不妨碍哥哥的睡眠，用自己的手轻柔地握住了哥哥那柔软的大手。她早就决定，要等到真木入睡后再睡去，但真木的呼吸非常平稳，她也无法断定其是否已经转变成了睡眠中的呼吸。

夜深了，传来几次疑是夜鹰的啼鸣后，明摸索着将早已沉沉睡去的真木的另一只手，放在朔手里握住。朔也已经睡熟了。

7

朔此前曾告知过自己鸟名的大琉璃鸟在高处鸣叫着，明在这叫声中睁开了睡眼，面庞上静静拂动着的空气带来阵阵凉意。尽管如此，自己的身体却是非常暖和，像是从真木那又大又暖的身体处，接过来暖气管一样。

明小心翼翼地起床，并没有惊醒真木，另一侧的朔已是不见身影。明来到洞外，在与厕所相邻的帐篷里，阅读鼯叔叔贴着的纸条。

“睡得还好吧？由于还有工作，我就先下山去了。”

明走到往下滴流着“涌出之水”的岩石下，并用那水洗脸且漱了口，再回到那株锥栗树之处时，只见朔已经结束了晨练慢跑，如同真木上次那样，站立在从倒下的锥栗树树干上生长出来的树苗前。

“在梦境中去哪里了？”

“去是去了某个地方，只是已经记不清楚了。”

“我也……确实做了梦，但是……”

“总之，平安地回来了，太好了！”

从锥栗树的树洞里隐约传来钢琴演奏声。走过去一看，明只看见真木笔直地挺着身子，正在收听星期天早晨的古典音乐节目。

于是，明开口问道：

“真木，怎么样？有趣吗？”

“我已经听了很长时间的‘名曲欣赏’节目。”真木回答说。

明觉得，真木是现在不想说起梦境的内容，这才用电台节目来回答的。

将锥栗树的树洞里边打扫干净，整理好行李，再把毛毯挂在帐篷前拉着的绳上晾晒，然后，三个孩子进入了略显幽暗的森林里，经过小桥，从渐渐明亮起来的树丛里走下山去。

朔是“三人组”中最爱思考也是最为性急的人，他对一直沉默不语的真木逐渐失去耐心，忍不住询问道：

“喂，真木，你说了奶奶希望你说的那句话了吗？”

“朔儿你不也在那里吗?!”真木用罕见的不高兴语调说道。

8

此后，直到回到“森林之家”，真木一直都沉默不语。

二百年の子供

在吃简单的早餐时，他也只是低着头，像是不打算给弟弟和妹妹开口问话的机会。大家都知道他已经非常疲劳了，刚一吃完早餐，他就钻到双层床铺的下铺去了。

朔顾虑着真木，便留在起居室，双手垫在脑后仰卧着。明则站立在面向青冈栎树丛的窗边，她说道：

“真木是不想说话呀。”

“该不是还记得我的批评，担心对奶奶所说的那句话是否算是合适的告别吧？”

“我觉得不太对。”明一面在内心里思考着一面说，“真木大概是在想，明明一同乘坐了名为‘做梦人’的时间装置，可朔儿为什么还会提出这样的问题呢？当真木觉得自己受到嘲弄时，是要生气的……”

“可对于自己是否真的乘坐了时间装置，我可是记不清了。”

“我也是。”明说道，“尽管如此，自己去了什么地方后又回来了，这可是非常确定的。”

“大家一定要努力回忆。”朔说道。

第四章 “三人组” 想起相同场面

1

明回到二楼的寝室后仰面躺在床罩上，像朔刚才那样将两手垫在脑袋下面，试图竭力回忆起朔想要回想起的那些内容。

从很小的时候开始，明就觉得弟弟什么都比自己优秀。由于明总是这么说，母亲就用“人各有长处”的说法来鼓励她，后来这句话成了明所喜欢的话语之一。

母亲是这么说的：

“朔儿会把在书本上读到的内容和实际经历过的事情记得很清楚，而且，是作为故事而记忆下来的，因此他能够将这些事情叙述得很有趣。

“另一方面，明儿不是习惯用画面的方式记忆吗？即便想要说出来，也难以马上说出口，就是因为这个缘故。经过一段时间，将事物如此这般地描绘出来后，不就能详细地说出来了吗？……‘人各有长处’嘛。”

明站起身来，用天蓝色笔芯的铅笔在纸上描绘起朔肯定会用语言回想出的内容。首先，要从梦境中看到的房屋的模样开始……然后，明清晰地意识到，自己曾经去过的地方是医院里的单人病房。点滴注射的金属管架，还有好几根软管。

站立在旁边的真木正向病床探过身去，朔把手搭放在真木宽阔的后背上……

明则位于好几个人后面的那条狭窄起来的通道上。在那个位置上，她听到奶奶用微弱的声音说道：

“刚才，真木为我说了些好话。”……

2

当明画完回忆出来的场面时，已经到了用午餐的时间。

阿纱姑妈为明他们送来作为午餐的炖鸡和饭团后，说起了这么一件事：

“昨天夜晚呀，一想到‘三人组’正在锥栗树的树洞里睡觉，我就越发睡不着了，于是回想起了老奶奶最后的那段时光。

“有一天，老奶奶一睁开眼睛，头脑就难得地清醒起来，高兴地说：‘刚才，真木为我说了些好话。’我就笑着说：‘三人组前来看望你了吗？太好了！’

“然而，昨天终于睡着以后，我在梦境里看到了一模一样的情景。眼下我就在想，那或许只是一个梦而已，可我又觉得，那不是一个简单的梦。”

明因此来了精神，她让阿纱姑妈看了那幅画，说起自己在锥栗树的树洞里的体验。真木自不必说是沉默，朔也同样缄口不语，可明感觉到这两人完全认可自己所说的话，并在后面支持着自己。

明刚一说完，阿纱姑妈就用已经使用过的餐巾纸擦起自己的眼泪，然后，她紧紧抱住了明的肩膀。过了片刻，阿纱姑妈这样说道：

“真木、朔儿和明儿准备开始干的事情，是需要勇气的、很了不起的事情。我虽然是成年人，却没有勇气这样干。老奶奶临去世前说那番话时，我也觉察到真木是真的来过了，可我却只是一笑了之。”

3

明刚开始上幼儿园那阵子，从家门口出去的第一个拐角处就是接送学生的公共汽车站。有一天，父亲接她回家的时候来晚了，明就紧蹭着街边绿篱的底部独自一人回来了。看过明身穿幼儿园制服行走时的模样（由于被父母告知，即便别人和自己搭话，也不要跟随那人而去，她便像看不到任何人似的低着小脑袋），此后父亲就经常说：

“就好像罂粟种子在滚动似的。”

假如整个身体就像罂粟种子那样的话，自己的心又该多么小啊……

即便上了中学以后，明也总是认为自己的心脏非常之小。不仅在每天的生活中畏畏缩缩，就是睡着之后也是提心吊胆，因而经常会做噩梦。

当父亲的文章在周刊杂志上连载时，为之绘制插图的母亲尤其把截稿时间放在心上。明非常惧怕报社打来的电话，梦见记者带着截断器隐身于梦境之中，也就把截稿①这个词语，理解为剪去②书信的封口字③，虽然并不清楚那封口字是什么，却联想到了截断器。

母亲因此对明颇为担心，告诉她说：

“在梦境中遇见什么，那是没法子的事，但是一旦睁开眼睛，就不要再去想它！”

父亲则像当初将明比喻成罂粟种子时那样，只是津津有味地说：

“如果真能这样的话，那就好了。”

4

明在想，真木曾经被老师说成不知梦为何物，后来就一直对此难以释怀。于是，明将思路整理、归纳如下：

1. 真木也认为自己可以做梦。

2. 然而，他却不能区分实际生活中的事物与梦境中的事物。

---

① 截稿的日语为締め切り，发音则为 shimekiri。
② 在日语中，切り的动词形态切る兼有切、割和剪等语义。
③ 在日语中，締め兼有书信封口字的语义。

3. 因此，当被问及“你做梦了吗”时，便会感到困惑。

刚才，明回忆起昨夜在锥栗树的树洞里睡觉期间，去了与这里不同的场所和不同的时间，而且，真木和朔也一同去了。就连阿纱姑妈也认可了自己所说的内容。

由于是乘坐名为“做梦人”的时间装置前去的，因此那确实是一个梦。“三人组”做了相同的梦，而且，关于这同一个梦境，明和朔都可以证明，真木确实也做了梦。想到这里，明的内心不禁充满喜悦之情。她还想道：

“‘做梦人’时间装置这个说法，原本是朔儿想出来的。朔儿如果更加深入地进行思考，一定可以说明在我们三人间发生了什么。”

5

晚餐结束后，真木已经不打算去回想从昨天夜晚到今天早晨所发生的那些事了，只是热衷于收听电视中的《N 响时段》[1]。在他身旁，明对朔这样说道：

“真木也知道了梦境世界，这真让我高兴。人呀，虽然生活在现实世界里，同时不也生活在梦境世界里吗？”

---

① 加盟于 NHK（日本广播协会的缩写字母）的交响乐团所表演的节目。

“也不能说只有人才会如此。因为，狗也是会做梦的。真木第一次睡在锥栗树的树洞里那一夜，‘腊肉’不也乘坐‘做梦人’时间装置来了吗？”

“‘腊肉’该不是原本就在那里的吧？

“朔儿，我认为呀，生活在现实世界里与生活在梦境世界里呀，其重要程度的对比也许在九十九比一这个比例上。即便是这样，真木的内心呀，也只有那百分之一被扩展开了。”

“就心理学而言，做梦的比例不是更大吗？我们就把真木的内心给扩展开来吧。

“昨天夜晚，我们为什么能够在大家的梦境中去同一个场所？去同一个时间？如果能把这个问题想明白的话，或许就可以进行新的冒险了！”

第五章　被奶奶的画所引导

1

“三人组”在锥栗树的树洞里各自做自己的梦，却一起来到了同一个场所。也就是说，三个人能够以“三人组”的形式同时搭乘“做梦人”时间装置。

那么，今后在前往锥栗树的树洞之前，就要好好商量并决定要去什么时候以及哪个场所。

朔这样说了之后，明接受了负责询问真木想去哪里的任务。

此前，为了向奶奶说出好听的话语，真木想要前往奶奶最后住院的那家医院。对于这一点，朔和明也有相同意愿。

不过，要想向真木打听出下次乘坐“做梦人”时间装置旅行时，他所希望前往的那个目的地，就不是一件容易的事了。因为，回答“这次进入锥栗树的树洞后，你想去哪里？”这样的假定问题，真木可不擅长。

对于真木一人独处时所做之事，明进行了对比观察，发现以往他要么在听电台音乐节目以及CD光盘，要么把自己创作的小小乐谱写在纸上，而现在，他却不时取出从“森林之家”带来的奶奶赠送的水彩画打量着。

“真木，你最喜欢哪幅画呀？”明试探着问道。就像被问及古典音乐曲目时便在CD光盘架上摸索一般，真木取过奶奶赠送的小木箱，随即从中选出一幅画来。

明看着眼前的画面陷入了沉思。这时，在一旁看画面的朔说道：

“猛一看，像是阴暗的画面呀……不过，正中间那片林子里被阳光照射的地方，红叶真漂亮啊！”

“可是，我不明白为什么想要到这幅画之中。真木，为什么呀？”

“因为，我对拥挤的人群感到别扭。”真木答道。

明感到困惑，不知道自己该如何反应才好，朔便开口说道：

“是呀，假如要进入画里的场景，这可是个很重要的问题呀。”

2

那都是“三人组”目前所在的避暑地里的森林与峡谷的画。奶奶所描绘的风景图，每幅都是如此，画面的正中间是如龟背一般繁茂的森林。由于只有森林的左半侧受到阳光照射，因而明认为这是早晨的景色。

郁暗的绿色树丛（据朔说，这片全都是阔叶树）密密层层地扩展开去，其中还有长着红叶的树林，还有其他树木上带着青色的黄色，还有明亮的黄色，有橙色，有红色，以及色泽更浓、带有紫色的红色。以暗色为背景的森林的右侧，以及左边深处隐约可见的遥远的群山，则全都是带有青色的灰色。

朔询问道：

“在这个画面里，真木，你想去哪里呀？”

“去‘腊肉’在的地方。”真木这么说着，用手指头指向阳光尚未照射到的地方。

从森林右半侧的高处，探出一座石山的崖头，仔细往那平坦处看去，一个孩子模样的人和一只狗站立在那里。

“是铭助！”朔说道。

“铭助正和狗在一起呢。”明也说道。

“他带着‘腊肉’。”真木说，脸上浮现出不可思议的微笑。

只有当哥哥这样微笑时，明才会觉察到他身上的一些东西是自己完全陌生的，朔也曾这么说起过。然而，朔为什么都不反问一下“你怎么知道那就是‘腊肉’?”，就热烈地开始了下面的谈话?

“这画的是历史上峡谷里的村子将要发生重大事件的那一天清晨。在画面的角落处，奶奶写着标题呢！

“是《铭助君迎接元治元年[①]之逃散[②]图》。在这幅图中，铭助正在观看这幅画面中没显示出来的、从下游蜂拥而来的许多人。

---

① 元治元年为公元1864年。

② 在日本的中世和近世，农民和山民为逃避难以承受的年贡和徭役而采取的一种抵抗形式，人们舍弃土地逃亡至其他领地或城镇。

“由于生活艰难，大家举村逃往这里，铭助在高处俯视着这些沿着河边道路进入上游村子的人们。

“真木，你想在大批农民还没有挤满峡谷之前，去那里寻找‘腊肉’吗？”

“因为，我对拥挤的人群会感到别扭。”这么说着的同时，真木的面庞又变成了平日里的笑脸。

3

“如果是元治元年的话，距今已经一百二十年了。对于下游许多人家逃到村里来那件事，现在也还称之为‘逃散’，奶奶曾经很详细地对我说起过。”朔对明说道。

就像以往独自一人收听音乐一样，真木在起居室的窗前，用那种在明听来似乎过于微弱的音量收听电台里的音乐节目。朔和明决定在餐厅的餐桌前对坐着谈话。

流经峡谷的河流，与更大的河流汇合后流向大海。在其流向大海所经过的路线上，大片的平原铺展开来，水田的规模也越来越大。在这片可以收获大量稻米的土地上，各个村子里都居住着很多农民。然而，如果连续遇上歉收的年头，就难以向统治着当地的藩府[1]缴纳租粮了。如果藩府仍然横征暴敛的话，农民们可就无法生活下去了。

于是人们沿着河边的道路，一直来到上游的峡谷里，再从这里往南翻过高山，那边有更加丰饶的土地，而且那里的藩府征收租税也比较温和。因此，从老人到孩子，农民们举村而逃，试图迁徙到新的土地上去……

“逃散”的人们还与沿途各村的农民成为了伙伴，形成人数更为庞大的队伍登上山来。然后，当他们在道路尽头的峡谷间的村子里完成准备后，便要开始借助险峻的山路攀越高山了。

4

“峡谷里的人们由于身处远离下游村庄的森林之中，也是因为可以采集制蜡原料的缘故，他们一直沿用独特方法来发展村子，因而远没有恶化到必须成为‘逃散’的伙伴，并舍弃峡谷里的土地的地步。

“然而，逃到这里的农民正被藩府的军队所追赶，他们或许会怀疑这个峡谷里的人有可能协助藩府来反对自己。由

① 日本江户时代大名的领地上的领主。

于逃亡者人多势众，如果被他们视为敌人的话，那可就糟了。

“在这里发挥了巨大作用的，是当时还是个孩子的铭助，也就是被说成尽管还是孩子，却拥有神奇力量的‘童子’。他要让这众多人口有饭吃，还要为他们准备好睡觉的地方……以便让恢复了元气的‘逃散’人群和平地离开这里……”

5

真木虽然在听着音乐，可看样子也像在注意着朔所说的话语，听朔说到这里，便又取出奶奶的另一幅水彩画，并递到相对而坐的朔和明的面前。

“整个峡谷里到处都是人呀，就连水田和旱田之间的小道上也挤满了人，至于沿河的大道上人就更多了。像这样盘腿坐下不动，是要吃饭吧？这一边是藩府的武士，他们正在喝酒。像是仓库的那座房屋前还搭起了舞台，姑娘们正跳着舞呢。

“我建议‘三人组’就到这个场景去。”

“不过呀，如果这么多人发现了来自未来的我们，他们生起气来可如何是好？”明担心地说道。

“如果感到危险，就马上回来。”真木说，“明儿，放心好了！”他一面这么说着，一面再度浮现出不可思议的微笑。这一次，就连朔好像也觉察到了。不过，他立刻改变思路，说起了自己的想法。对于弟弟的这种反应，明觉得自己实在难以企及。

“上次，我们‘三人组’考虑前往奶奶曾住过的那家医院，于是，很自然地就做好了准备。

“这一次呀，是以这幅画上的场景为目的地，因此，必须预先充分了解铭助的情况。真木非常了解自己想要见到的‘腊肉’，所以他没什么问题。

“现在，我恰好有一本关于这条峡谷和森林里的往事的书，是爸爸写的。刚在这里住下时，我想要了解这方面的情况，便对阿纱姑妈说了，于是她挑好后就借给了我。

“姑妈不仅仅借给我这本书，为了便于我参考书中所写的内容，甚至还把爸爸早在孩童时代描绘的画也一并给了我。我现在就取过来，‘姑且’看看再说。”

朔往寝室走去，去寻找那本像是此前临睡觉时也在床上阅读的书。然而，朔理当很快就可以发现那书，明却迟迟不见他返回。明在想，朔是为了不使谈话时间变得无意义，在将书中写有铭助的页码全都标示出来吧。

朔的性急经常会以近似于滑稽的形式表现出来，可是，他有时也会把剪切得很小的各色纸条贴在书页里以方便查阅，那是他以前看见父亲这么做而模仿来的。

从上小学时开始，班主任就曾对明这么说：

“你父亲是用这种方式记录你的事情的呀。”

明对此感到很不满，就会直接对老师说：

“我既不说那样的话，也不做那样的事。”

“你为什么要说谎呢？”有的老师脸上会露出厌恶的神色并如此说道。

就在自己不知不觉之间，似乎另有一个在说着“我的话”并有着“我的举止”的女孩子，明对此感到恐惧。

当她对朔说了这件事后，弟弟则无所谓地表示：

“因为那是父亲写的小说呀，你就这么回答好了。”

话虽如此，可朔的那些朋友好像都不是对父亲的小说抱有兴趣的人，而明本人的朋友们也是如此。

上了中学后，明参加了学校里的志愿者社团，为那些身有残疾的小学生服务。这是因为自己想更多、更好地了解真木的状态，另一方面，也是因为意识到班级里只有自己一人了解残疾儿童的情况。

在社团有活动那一天，明对正在做晚饭的母亲说起已经和自己成为朋友的那些愉快的小学生。对于明认为有趣的事情，母亲总是从内心里觉得有趣。有时候，这种话题会一直延续到餐桌上。

有一天，明和母亲开心地说起了这一切，而父亲则一动不动地倾听着她们的谈话。上了床以后，明突然感到一阵担心，那个小学生或许会出现在父亲的小说中，被迫说那些对于其来说并非“自己的话”，做那些并非“自己的事”……

于是明跳下床来，冲到楼上父亲的书房叫喊道：

“我朋友的事，绝对不可以写出来！”

6

然而，远离了父亲（以及母亲）后，在这“森林之家”刚开始生活，明就意识到，朔已经将父亲的做法和话语作为习惯或多或少地接受了下来。自己也在某种程度上……

不出所料，朔取来一本插着或黄色或蓝色或红色纸条的书，以及一幅显得格外陈旧的图画纸。

“与妈妈相比，爸爸就显得没什么绘画才能了。不过，就国民学校[①]三年级学生而言，这幅画可以说确实非常棒！”

---

① 在发动侵略战争期间，日本政府为推行国家主义教育，于 1941 年仿效德国纳粹，在全国范围内将普通中小学改制为所谓国民学校，其学制分为初等科六年、高等科两年。该体制于战争结束后的 1947 年废止。

朔兴冲冲地说道，“听说，当时爸爸的老师曾因为‘这算是什么《世界之画》呀？’而殴打了他。爸爸在这本书里写着这一段呢。不过，也可能是因为画得太差，才让老师那么生气的吧。

“看上去，还是可以明白画的就是这个峡谷和森林。河流自东往西流经峡谷。从南岸望去，一眼就可以看出，描绘的是沿河道路旁成排的农舍。还有北侧的森林。在树丛中时隐时现，往山顶蜿蜒而去的山道。再从那条山道一直延续下去，在森林东北部的高处，有一座犹如岛屿般的小小村落……

“不过，到这里为止，却也只占了竖着使用的画纸下部的三分之一。从那里再往上看，便涂抹着天蓝色（比明喜欢的那种天蓝色要淡许多）。好像蜡笔里混杂着沙子类的硬质颗粒，在那一大片天蓝色中，有一道道伤痕一般的白色线条。然后，就是坐在云彩上面的巨大女人，以及只有其体形十分之一大小的男人。女人垂挂着长长的黑发，而男人则结着丁髷①。

“据说，那女人就是第一个来到这片森林并创建了这个

---

① 日本明治以前的男子常用的发髻。现在，相扑力士仍保留着这种发髻。

村子的人，是个体形非常庞大的女人……因此，铭助也就显得这么小了。”朔对明解说着，“铭助活跃的时期，这一带沿河而下的地方，是筑城而据的藩府的领地，这个藩府则是统治着这个国家的幕府下设的若干藩府中的一个。不过，大家都已经开始感觉到，幕府的做法是没有前途的。美国的军舰[①]来到了日本，要强迫幕府取消‘锁国’政策。

“就在这个过程之中，一些藩府虽然小，却也开始探索新的道路，因此需要大量的经费。然而，能向藩府缴纳税金的只有农民。因此，也就发生了‘逃散’事件。而且，铭助‘暂且’解决了这个危机。

“尽管如此，整个国家当时已经大乱了，所以，这个地方也不可能成为例外。‘逃散’之后又过了一些年头，就爆发了‘暴动’。铭助被推举出来，指导武装起来的农民。然后，就废除了新设立的租税。不过呀，暴动结束以后，只有铭助一人被藩府抓了起来。

“铭助的母亲便到城里的牢房去探监，当时铭助正在生病。于是，母亲就对病中的铭助说道：‘不要怕，我会再生

① 1853年，美国东印度舰队司令佩里（亦译作培里）率领舰队闯入日本浦贺港，以武力强迫日本开国。翌年（1854年），佩里再入江户湾（现东京湾），与幕府缔结《日美亲善条约》。其在返航美国途中，又与琉球王国签订《通商条约》。

一个你的！’……”

“据说，爸爸还是小孩子时，曾在森林里迷路并因此发了烧，当时，奶奶就曾对爸爸说过这话。”明说道，“这是一个习惯，用铭助母亲的话语来鼓励胆小的孩子。”

“《世界之画》所要描绘的是日本列岛……包括朝鲜半岛、台湾和桦太[①]的一半……从那里将太阳旗插遍整个世界……在当时的日本，这才是正确答案。

“爸爸却只画了峡谷和森林里的传说，让老师大发雷霆。”

7

这个星期的周末，“三人组”以锥栗树的树洞为目标，向山上的森林进发。“三人组”身着秋末时的服装，唯有睡在树洞前帐篷里的管理人鼯叔叔还是穿着夏季登山的装束。

奶奶的画面上描绘着树叶转红的森林。如果乘坐“做梦人”时间装置，前往那个季节的峡谷，身着这样的装束或许会觉得寒冷。这就是时常把“安全”挂在心头的明的想法。

① 即库页岛。1905年签署的《朴茨茅斯》约定，该岛北纬50度以南为日本所有。第二次世界大战后，库页岛全境为苏联所有，现为俄罗斯领土。

从制订暑假期间在山里小住的计划时开始，明就考虑到森林里温差变化较大而带来的麻烦，将“三人组”各自的短外套和带有襞褶的上衣从家里邮寄过来。

锥栗树的树洞里冷森森的，“三人组”穿着外服直接躺了下来。熄灭煤油灯时，朔已经不再拘谨，很有男孩子气势地爽快握住了真木的手。在另一侧，明刚一伸过手去，从真木短外套的口袋里便传出了纸包的声响。

8

刚一抵达那里，明他们便发现了铭助。从明那里望过去，铭助正站在岩鼻①右侧、从后面林子里凸出来的那株枝叶茂盛的樟树下面。

散乱的头发向下披散着，铭助穿着似乎很结实的、明觉得有点儿像女式短大衣的皮质外套。下身则是与奶奶修剪庭院草坪时穿的扎腿劳动裤相似的大裤衩。一直垂挂到肩头的长发，用带有蓝色圆点的方巾束了起来……

然后，是那条有着红褐色背脊的狗，它将前爪踏在岩鼻边缘隆起的土堆上。

---

① 由崖头凭空向外探出的部分。

铭助和狗都在俯视着峡谷里那条河流的下游。

在东京小住期间，每逢下雨天，奶奶就会一面用彩色铅笔描绘着风景，一面对大家说起养育了父亲的那个村子里的逸事。她还告诉大家，画的比例由于像在高空盘旋的老鹰或鸢的眼睛看到的景物一般，因此就叫作鸟瞰图。像这样从森林的斜坡上突出来的岩石，就叫作岩鼻……

乘坐“做梦人”时间装置来到这里的“三人组”，真木为领头，处于略后偏右位置的是朔，再往后一步靠左侧位置的则是明。在森林和岩鼻交界处那株高大的石榴树下，三人的装束和在锥栗树的树洞里睡觉时一般无二……

当意识到铭助和狗就在岩鼻上时，明差点儿就叫出声来。朔大概也是如此（沉着镇静的真木另作他论）。

好不容易压住了叫声，可那条狗还是转动起红褐色的三角形耳朵。不过，无论铭助还是那条狗，都没有回过头来看上一眼，“三人组”因而得以慢慢适应身处此地的状态。

就在这时，铭助头顶上方的樟树枝上出现一个犹如黑猿一般的身体。他俯身低头对铭助耳语了一阵，紧接着便快速改变方向，消失在了枝叶间。

真木因感到有趣而在脸上显现出笑意，并回身向明看去。朔也从紧张中回过神来，他小声说道：

“是‘不下树之人’呀!”

捕捉到这小小的声音后，那条狗随即冲了过来，又在离真木四五步远的地方停下。

真木穿的是父亲的半旧短外套，这时他从短外套口袋里掏出纸包，将其中一片腊肉扔了过去。那条狗丝毫没有躲闪，吃掉了落在爪边的腊肉。

“‘腊肉’!”

第一次见到这条狗的明和朔同时发出了压抑着的惊叫。

转向这边的铭助向真木举起了一只手。真木再度扔出一片腊肉后，还以同样的问候。

尽管如此，铭助并没有立即走向真木他们身边。他站立在原处，紧闭着似乎有着坚强意志的宽阔嘴唇，用浓眉下那双熠熠生辉的眼睛注视着正在吞食腊肉的狗。

眼前这个和自己年龄相仿的少年，将刀插进扎在皮衣上的腰带里，呈现出大人般的神态。明对其感到由衷的感佩。此时，朔分开双腿，用力踏在原地，准备守护真木。

9

回到“森林之家”后，朔这样说道：

“通过奶奶叙说的故事以及爸爸写下的书，我们事先就知道了铭助的情况，还知道自己来到了他们的时代。

“可是，铭助那一方呀，由于不可思议的‘三人组’突然出现在眼前，一定大吃了一惊吧。可尽管如此，他还是从我们的装束上，看出我们来自未来。

“给予大家这个时间的，是真木！他把带去的腊肉一片片地扔给了那条狗。让铭助与我们的会见得以成功的，是真木！”

10

这时，真木喂完腊肉，刚把那纸包放回口袋里，柴狗便回到了铭助的脚边。

真木跟随其后，来到距离铭助两三步远的地方时，他开口问道：

“这条狗，是你的狗吗？”

“这是山上的野狗呀……”

第一次听到的铭助的说话声，像是害羞的少年的声音。而且，他这么回答之后，脸庞眼看着就红了起来，好像是在忍着不要笑出来似的，明为此而感到意外。

“……这狗在‘千年老锥栗’的树洞里做了窝呀，其他的野狗都是成群结队的，只有这狗是单独的呀。以后生了小狗，什么时候就换了它……”

“它叫什么名字？”

“俺们也分不清它们谁是老狗谁是小狗，所以……只要到山上的林子里来，就让它跟来……喊一声‘狗’，它就跟来哪！”

“我把它叫作‘腊肉’。”

于是，“腊肉”向真木那边抬起了头。

“好名字呀……喂，你叫‘腊肉’吗？狗！”

听到“腊肉”的叫唤，狗便转向铭助那边。紧接着，它又听到了“狗！”的叫唤，就显露出不知所措的模样。

于是，“三人组”笑出声来，铭助也露出雪白的大颗牙齿笑了起来，又回到了最初那种小大人般的沉稳。

“腊肉”向樟树扬起了头，那个影子般的人的头和肩膀再次显现出来。铭助以有力而敏捷的动作，移步来到浓密的枝叶下方……

回到这边来的铭助用黑漆漆的眼睛直勾勾地注视着明说道：

“你们不是这个世界的人，是从你们的时代来到这里的‘童子’吧？俺们可听说了，经常有这样的事！

“现在，俺们有急事要办，不能给你们领路……请你们以后再过来呀。已经是来过一次的路了，还能找到这条路来这里吧！”

11

铭助走上樟树阴影下那条黑暗的小道，一会儿工夫，只见他飘飞着黑发，沿着被樱桃越橘的繁枝茂叶围拥着的坡道一路跑下山去，狗则在他的前面奔跑着。

包括刚才还略显幽暗的地方在内，现在整个峡谷都袒露在阳光之下，就连闪烁着的河面也可以远远看到了，岸边的树丛也因为红叶而显得赤红一片。

朔和明刚才过于紧张，唯有真木另作别论。“三人组”沉浸在某项工作终于完结的心境之中，坐在由石榴树的黄色树叶堆积而成的高堆上沐浴着阳光。

“他把我们说成是‘童子’！”朔说道，“可只有铭助他本人才是‘童子’呀……”

“我们突然来到那个人生活的时间和空间，他看到我们身着不可思议的装束，把我们认作‘童子’，不也很自然吗？

“而且，说到真木，与‘童子’也很相称嘛。而我，就是一个‘普通人’了……”

“铭助也看到了明的举止。”真木说道。

“是呀，还与真木认真地谈了话……只有我被完全忽视了。”

明也认为，铭助对于朔是不公平的。可是，朔这个人呀，只要在那个场合开始考虑起重要问题来，就不会把其他事情放在心上。

“尽管如此，‘腊肉’却嗅到了我的气味，我也感觉到了来自那条狗的问候。

“现在呀，最重要的，是要弄明白这里正在发生什么事？我们最好回想起奶奶的话以及爸爸写在书中的内容！”

12

“铭助还是孩子，却被挑选出来照顾逃过来的那么多人，是吗？”明说，“在这个时代里，也应该有相当于村长和警察署长的那些人吧？”

“藩府的军队一旦进入村子，就会调查那些曾协助了‘逃散’的人，而村子里的主要人物受到惩罚的话，那就麻烦了。大概是出于这个原因吧？

“因此，还是孩子的铭助就被推选出来了，爸爸可是这么写的。听说铭助是庄屋[1]的长子，是当地有名的淘气孩子。”

“就像朔立刻就注意到的那样，‘不下树之人’也在这里。”

“那个人呀，因为某个缘故而和家里人分开，从而生活在森林里了。

“这个地方有‘沿河道路’和‘林中道路’之说，平日里大家使用的是沿着河流的道路，可沿这种弯弯曲曲的道走路比较耗时，而顺着森林中的道路行走则比较近。

“‘不下树之人’受铭助所托，充当在‘林中道路’周围活动的侦察兵，把‘逃散’的人们从‘沿河道路’蜂拥而来的情况报告给铭助。刚才，‘不下树之人’第二次向铭助报告的，一定是那些人已经进入了峡谷的情报。因此，铭助这才急急忙忙跑到峡谷去的。”

在明和朔说话之际，真木将目光转向下游方位，并侧耳倾听着那边的动静。这时，真木回转过来对着明和朔，把左手伸张在耳边让他们看。然后，真木就这样站立起来，钻进岩鼻前面那片繁茂的黄色小圆叶灌木丛中。朔和明也将手放

① 江户时期管理庄园事务的庄司和庄官之遗称，由领主任命村民中声望较高者出任，隶属于郡代、代官，为一村或数村之长，负责纳税和其他事务。

在耳边伸张开来。

13

起初，听到了记忆中曾在临海学校整夜听到的那种声响。然后，难以计数的人出现在闪烁着光亮的河岸边的道路上，仿佛要从那路上漫溢而出。

“简直就是难民！”朔说道。

明惊恐地紧紧搂住真木的臂肘，朔则从粗呢大衣里取出双筒望远镜四处张望，担心是否会被涌入峡谷的那些人发现。

然而，占满路面的队列里并没有人抬头仰视，在包裹着脑袋的粗布制地的包头巾下，只能看到一个个深褐色的小小面孔。

这时，朔将双筒望远镜递给了明，从旁边用手指指示着。明看见了挤在一起的女孩子们。她们身穿像是用好几种布料缝缀而成的带有藏青色条纹的和服，或背负着幼小的孩子，或挎着装满行李的大小包袱，正往这边走来。

明看见女孩子们从短小的衣服下摆露出的腿脚在急急迈动，并且她们全都穿着染成红色的鞋子……可是，一百二十年前，日本的孩子们穿鞋子吗？

“啊！”明叫出声来，放下双筒望远镜就哭了起来。

真木从明的手中取过双筒望远镜，交还给了沮丧的朔。

“三人组”回到石榴树下堆满落叶的地方。明和朔早在很小的时候，就时常在名为“马拉松”的公园里散步，就像那时因散步而感到疲乏之际那样，两人将真木围于正中，并将身体用力贴靠上去坐了下来。

明终于止住了哭泣，却仍然流着眼泪说道：

“我恨自己还是孩子。别的孩子们那样痛苦，可我却不能为她们做任何事。”

明认为，自己的声音已经逐渐愤怒，在刺痛着真木的心，却没料到这番话语反倒使真木提起了精神。

14

“三人组”沉默良久，最后还是朔开口说道：

“我试着考虑了一下，那就是时间的问题。我们曾搭乘‘做梦人’时间装置，前往去年年末时奶奶的病房。

“目前，就在铭助的重大工作正要开始之日，我们又来到了这里。从上次到今天，也只是过去了仅仅一个星期，可我们借助‘做梦人’时间装置，却旅行在距今一百二十年的时间里。

“可是呀，就在我们与铭助和狗邂逅，以及从高处俯瞰

‘逃散’人群来到峡谷的这段时间里，我认为，这里的时间是自然而然地往前走的。

“那么，我们如果返回‘森林之家’，去做某种必要的准备工作，情况又将如何？

“假设需要一天时间？然后准备再度回到这里，在锥栗树的树洞里真诚祈求，不就能够从现在起顺延一天后来到这里了吗？”

“你是说某种必要的准备？”明充满期待地询问着。

“也就是收集对‘逃散’的孩子们有用的东西，再把那些东西带入锥栗树的树洞里！真木已经两次带着腊肉纸包进行旅行了！”

“那么，”一直沉默不语的真木这时便看着明，然后大声说道：“喂，‘三人组’返回！”

海的隆隆声逐渐远去，“三人组”感觉到自己的身体被捧举起来。就在这个过程中，明回忆起，在前往奶奶病房那一次，依稀也曾听到真木像现在这样吆喝……

第六章　时间装置的其他规则

1

在锥栗树的树洞里，明睁开了眼睛，只听见真木还在睡眠中发出沉稳的呼吸，另一侧的朔却早已不知去向。明希望帮助那些必须长途跋涉并翻越高山的孩子们，而朔则想协助明完成这个心愿，便早早起床，出去晨跑了。

明在滴流着“涌出之水”的岩石下漱口时，朔擦拭着汗水回到了这里。

“在真木说出动身返回这里的话语之前，我把双筒望远镜放在了石榴树根部。如果能那么遗留在原处就好了。因为，那双筒望远镜假如和我一同回到这一边来的话，即便今后想要往那边搬运点儿什么，也是无从指望的。”

“结果怎么样了?”

“这边哪儿也没有。”

“太好了!”

“那么，这次我们带点儿什么过去?”

“我担心一直步行过来的那些女孩子的脚。她们一定穿着草鞋，从上面用布条或稻草麦秸什么的包裹起来，血都从那里渗出来了……

“她们不是还要继续行走，翻越那高山吗?那伤口是要化脓的。”

“那么，就带消毒药吧!”朔坚定地说，“我一直在考虑的问题是，把双筒望远镜放置在那里……虽然这也是必要的实验……但会不会违反了时间装置的规则。

“‘不应使那一边的科学产生混乱’。就是这条规则。我在担心，‘不下树之人’是否会发现那个双筒望远镜。虽说从伽利略的时代开始，就明白了望远镜的原理，可技术的进步却是另外一回事，双筒望远镜所使用的材料也是个问题。”

“那么，就必须尽早去取回来。”明说道。

“等把消毒药品搞到手再去。虽然药品的制造方法属于新科技，可一旦使用过后就什么也不会留下来，就像被那条狗消化了的腊肉一样。只是要把容器给带回来。”

“阿纱姑妈曾在县里的红十字医院当过很长时间的护士，她是能够为我们准备好那些必要药品的。……只是，要把全部事情都告诉阿纱姑妈吗？对于去病房里探视奶奶那件事，她可是完全听明白了我们所说的事情。不过，‘逃散’这件事，比起探视来更不容易得到相信呀。”

“就说出来吧！即便是难以置信的事物，如果有必要的话，就应该坦率地说出来，这才算是真诚地说话。在我和朋友之间出现问题时，爸爸曾经对我这样讲过……”

2

听完了讲述后，阿纱姑妈随即产生了很大兴趣。

“有一条河流经峡谷，因此，只要在河边搭建一座医疗站，就可以很方便地洗涤伤口。

“擦干以后，在用消毒药物进行喷涂处理时，要离开患处大约十厘米。现在还有非常方便的橡皮膏，我会备好各种必需药品的。”

整个下午，阿纱姑妈都在驾驶汽车四处奔走，至于准备好的波纹纸急救箱，如果连装有治疗用纱布的箱子也算进去，那就一共有三个大箱子。可在锥栗树的树洞里睡觉时，怎么才能把这些药品给带过去呢？

朔就细说了昨夜睡觉的时候，将双筒望远镜鼓鼓囊囊地揣在粗呢上衣口袋里，只需要把纽带缠在手腕上。于是，大家便决定在急救箱上也系上纽带，然后在每人脚脖处各缠上一个箱子。

“我最不放心的，就是‘三人组’的服装和发型了。”阿纱姑妈说道，“可是，既然铭助君接受了你们是来自其他世界的人，那么，别的孩子们大概也会同样如此吧。问题是成年人，还有语言。

“铭助君用什么样的语言说话？”

“与铭助说了话的，是真木。我在一旁看见，真木听懂了铭助的话语后，自己也与他交流了起来。我觉得自己好像听懂了他们的对话。

“就如同平日里真木听古典音乐时我在他身旁一样，我感到这次也是如此。”

“朔儿也听懂了？”

“对于是否听懂了他们的全部对话，我没有自信。

“但是，我觉得这是‘三人组’要干的事，所以，我也要认真地干下去。”

3

与昨夜在锥栗树的树洞里入睡相同的时间，“三人组”进入了树洞。接着，大家刚回过神来，便发现自己已经再次站在岩鼻之上，俯瞰着被阳光照射了一半的森林和峡谷，每个人的右脚边，都用纽带系着波纹纸箱。

朔随即解开纽带，从石榴树的树根处取回了双筒望远镜。明也蹲下身来，解开了自己和真木脚上系着的波纹纸箱的纽带。

真木马上前往朔站立的地方，此时，朔正隔着岩鼻边缘繁茂的灌木丛，用双筒望远镜环视着峡谷。明意识到，真木行走的身法，是在东京不曾看到的，快捷和坚定的步伐。

然而，明反观自己，在解开了系在脚腕上的纽带之后，动作却是慢吞吞的。

俯瞰峡谷，只见白色炊烟从每家每户的屋顶袅袅升起。昨天还不曾见到的黄土色三角形窝棚，竟密密麻麻地布满了河边的大路。

看上去，那些窝棚像是以树枝或竹竿为骨架，再覆盖上草席搭建而成。再仔细一看，有人从那仓促搭建起来的窝棚里走出，站了一会儿后，又不知消失在了何方。

明觉得自己对这些人无法提供帮助，便这样说道：

“真木，朔儿，把消毒药水和橡皮膏放在这里，然后我们就回去吧。虽说向阿纱姑妈学习了使用方法，可我们却无法为女孩子们进行消毒呀。喂，真木，你只要说出那句话，我们不就马上可以回去了吗？”

与其说真木在俯瞰峡谷，毋宁说，他正在那里倾听着跃升上来的声音，因而罕见地没有回答明的问话。

倒是朔劝说起明来了：

“那样做不就‘没有意义’了吗？这个时代的人即使看到纸箱里的东西，也不会明白那是用于什么的。而且，假如孩子们喝下去又该怎么办？”

“话是这么说，可只有我们这几个人到峡谷里去，能把孩子们都集中起来吗？我们一个人都不认识。如果‘腊肉’在的话，或许就能把铭助给领来了……”

“‘腊肉’来了！”真木静静地说道，“它刚才就已经叫过了。”

4

一如真木所言，朔用双筒望远镜发现了从峡谷里奔跑上来的“腊肉”。

被告知位置后，明用自己的眼睛追踪着忽然隐没于繁茂的红叶丛中，随即又跳跃而出的那条狗。

“腊肉”一口气跳上岩鼻后就停了下来，然后又向真木那边快走几步，隔着一段距离停下来等着。于是，真木从短大衣口袋里掏出纸包，将腊肉一块一块地投了过去。

“我们没把盒饭给带来。”朔说。

“我带着巧克力呢。”明在上衣的小口袋里摸索着。

就在“腊肉”吃完时，铭助从樟树后现身了。“腊肉”刚刚挨过去，穿着裤裙的铭助便单腿跪立在岩鼻平坦的表面上，解下拴在腰间的葫芦，将水倒在右手手心里喂那条狗。

铭助一面喂着狗，一面抬头仰视着真木笑了起来。真木看着铭助的动作和迥异于昨日的发型以及服装，也会心地笑了起来。

明在想，铭助原本在峡谷里，一定是立即追赶着觉察到“三人组”到来的“腊肉”而跑来的。他之所以来得晚了一些，大概是因为换衣服。

铭助昨天像是森林里的猎人，而今天早晨的装束，则像在电影里曾看到的年轻武士一般，上了油的前发在额头前摆动着，从耳朵周围直到后脑勺都剃得干干净净，他还身着和式短外褂、裤裙和布袜，木屐上紧紧地系着布质纽带。

5

铭助走近明他们三人身边，便用手中竹根做成的鞭子乒乒乒地敲打着放置在地面上的波纹纸箱，然后向真木问道：

“这东西是干啥用的？”

“是礼物。”真木回答说。

朔随即补充说道：

“我姐姐，想为女孩子们建一个医疗站。孩子们，脚上负了伤……受了伤。不想让那里化脓……不想让那里更恶化。这就是用于治疗的消毒药……是药物。”

明急忙蹲下身子，打开波纹纸箱，从中取出一个消毒用的瓶子，一个装着橡皮膏的小箱，还有一块布。

铭助像非常惊讶，又像是颇有兴趣，他睁大乌黑的眼睛注视着朔和明。明担心朔刚才所说的话语是否已被理解。

不过，真木却及时提供了帮助。他从容不迫地卷起短大衣的衣袖，露出右手的手腕。

因为刚来“森林之家”后被蚊虫叮咬了手腕，真木在那里挠出了血，于是明便在他手腕处贴上了橡皮膏。真木现在极为缓慢地揭起那橡皮膏，让铭助观看仍红肿着的伤口。

“是呀，真木，再消一次毒吧！”说完后，明非常投入地招呼道：

“铭助君，请把葫芦里的水给我倒一点儿，首先要对伤口进行消毒！”

听见自己的名字被招唤，铭助的表情也随之认真起来，他解开腰间的布质纽带，把葫芦递了过去。在铭助的注视下，明按照阿纱姑妈指导的那样，用被水淋湿了的布块将伤口擦拭干净，喷洒消毒过后便贴上了橡皮膏。

“就像这样进行消毒。从远方徒步走到这里来的那些女孩子……还有小男孩……的脚都受伤了。我想为他们脚上的伤口进行消毒。

“为了便于清洗伤口，要在从森林里流出来的那条河的河边搭建医疗站，也就是进行治疗的地方……你听懂了吗？”

“俺们，大概听懂了。怎么干呀？”铭助说道。

“我觉得，他全听懂了。”真木用力说道。

铭助、朔，甚至连明都笑了起来。就在包括真木在内的四人全都在笑的时候，明意识到，铭助准确地理解了真木在

“三人组”内的作用。

6

这一次，朔主动承担了向铭助询问的角色。

“现在，我们该怎么做？”

“怎么做呀……俺们，想让‘逃散’的人，在峡谷里休息，明天，还有后天……然后，他们要翻山越岭。是那些人定下的事。”

“藩府的军队，会从城下町[①]那边追赶过来吧。”

“在你们到来之前，一直下雨，然后发大水了。下游那边，桥被冲走了，路也被冲垮了……‘逃散’的人群是顺着山路来的呀，藩府的武士呀，要修好道路、整好队伍才能来，大概，还需要三天。”

“那么，在医治脚伤这段时间内，孩子们就可以休息了。太好了，真木！”

“我也觉得太好了。”

---

① 日本中世以及近世之初，大名筑城据守，家臣和武士头领亦随之居于城郭之内，而下层武士则居住和守护于城郭之外。为满足武士阶层的消费需求，诸多农民来此充当工商业者以提供各种服务。久而久之，便形成城下之町，并随着时代变迁，很多城下町于明治时期成为现代意义上的城市，如东京、名古屋、大阪、仙台等。

说完这话后，明把刚才使用过的药瓶和橡皮膏的剩余部分收拾到那个打开了的箱子里，真木把这个纸箱递给了朔，自己也抱起另一个箱子。

铭助则非常轻松地提起第三个箱子，一行人踏上了樟树下的那条小径。“蜡肉”从人们的脚边钻过去，跑在前面为大家领路。

真木的脚步非常坚实，可总是惦记着“安全”的明还是考虑到真木脚下打滑的可能性，便走在了真木身旁，紧跟在他们身后的朔似乎也有同感。

7

在从岩鼻往山下走去的路途中，一个比铭助大得多的青年等候在路旁，他的和服底摆从后面用带子系了起来。此时，铭助用成年人般的口吻同这青年说着话，与先前和明他们说话时的语气截然不同。那青年把三个波纹纸箱全都接过去，然后就一路跑下山去了。

铭助和“三人组”走进杉树林中的幽暗处，等到走出林子，坡道便开始缓了下来。路的左侧出现了山涧，这山涧渐渐地流淌于道路下方，道路本身也开始宽了起来。然后，便看见了河边那条大道。

山涧流淌至道路尽头时，钻进了用石头砌成的拱形隧道，汇入另一条大河之中。三个孩子走到道路尽头处，这里是一座不大的广场。在广场边缘，石块铺就的阶梯一直通往下方的河岸。广场上有一株大树，仰头往大树高处看去，只见明亮的黄绿色树叶十分茂密。

“我好像见过这株连香树。”朔说道。

三人走进广场，首先映入他们眼帘的，是正往沿河大道上移动着的无数成年人。无论男人还是女人，头上全都蒙着深蓝色包头巾，男人们挑着准备在广场上搭建睡觉窝棚的草席和支架，女人们则都抱着行李。

在这些人走着的大道上，长长排列着的席顶窝棚一直往上游方向绵延而去。在小屋周围站立着的成年人和孩子们，无一例外地全都低垂着脑袋。对于这些人而言，“三人组”无疑非常罕见，可就连那些与“三人组”错身而过的人，也没有一人抬起头来瞧上他们一眼。明意识到，这些人竟是如此疲劳了。

就在明眼看就要再度失去信心之际，铭助在广场深处通往下方河岸的入口处向她喊道：

“大姐，就在这里做吧？”

“谢谢你，铭助君。”

铭助对前来帮忙的青年们表现出威严的神情，同时兴冲冲地动手工作起来。

8

那些青年接受了铭助的指示，在为医疗站做着准备工作，明则全神贯注地注视着他们干活儿。

“我和接受治疗的人在草席上面对面地坐着，这样并不方便。”明对铭助说，“我应当坐在这里，而接受治疗的人需要站着，然后向我伸出一只脚来，麻烦你准备一些可以架住脚板的那种光溜溜的木板。

“将要接受治疗的人，先用河水把脚清洗过后再上来。从石头台阶直到这里，请铺上干净的草席。”

明缓慢地、一句一顿地说了以上这些话语，正担心对方是否已经听懂时，只见铭助随即和他的伙伴一起干了起来。其他年轻人则将女孩子们领入广场，让她们排成长队，队列一直绵延到石头台阶那里。

铭助脱去鞋袜光裸着脚，在哗啦啦拍打着岸边的河水里洗了脚后，只用脚后跟走上石阶，然后将一只脚放在细长的木板之上，那木板正放在坐在稻草上面的明的面前。

孩子们直盯盯地看着这个过程。铭助轻盈地跳起来，在空中改变方向后落在了草席之上，面对孩子们大声喊道：

“大家，就像现在这样干！”

孩子们的队列早已挤满广场，在队列靠近山涧的那一端，她们走下石阶，开始清洗起双脚来。排队等候着的孩子们，则一直紧张地低垂着脑袋。

9

用喷雾瓶对悄然出现在眼前的脚趾喷洒消毒药水，稍等片刻后再贴上橡皮膏。

明持续着这项工作。即便个别孩子在石阶上耽搁了一些时间，明在等待期间，也会揭开橡皮膏的贴纸，将其粘在指甲上做好准备，根本没有休息时间，脚上有伤的女孩子们的队列（略微年幼一些的男孩子们也来了）总也不见缩短。

第一批接受治疗的几个年岁稍大一些的女孩子，在明进行治疗的草席旁，用从附近林子里收集来的枯枝点起了篝火。

在山涧里清洗过的脚走上石阶时要用棉布擦拭干净，这些擦脚布和治疗时使用的那些布块被这几个姑娘集中起来，她们将其放在河水里搓洗干净后，便放在篝火周围用树枝搭起的架子上烤干。

为了不使年龄太小的孩子发生危险，也有人把河水汲到木桶里，帮助幼童们把脚清洗干净。那些年龄稍大的女孩子各自都在帮助工作。

听阿纱姑妈说，在护士工作中最为重要的，是在为那些非常痛苦的人进行治疗（即便内心里因此而感到震惊或难受）时，也要做出一副早已习惯了的神态。明此时正努力做到这一点。

真木从广场角落搬来一个充作椅子的低矮木桩，在那木桩上坐了下来。每当消毒药瓶喷完药剂后，他便将新药瓶递过去，接着从木桩上站起身来，把用完了药剂的塑料药瓶踏扁后，再套上瓶盖，按顺序放入波纹纸箱里。这种对垃圾进行分类处理的方法，是他在养护学校练习室学习时掌握的。

没有这种工作的时候，真木便在一旁热心地观察治疗过程，一看到大拇指和二拇指之间裂开大口子的脚，便会“啊——”地大叫出声。那些经过治疗的小女孩远远地围绕篝火打量着真木，并模仿真木惊叫的声音，也发出“啊——”的叫声。

随着时间的流逝，小女孩们渐渐活跃起来，她们好像都有一支石笛，这时便从围裙背面取出来，用手遮掩着放在口边，“噼”地吹响一声。

真木抬起头来，向发出声音的地方看去，另一位女孩子却又“噼”地吹响了。于是，每当隔上一会儿笛子被吹响时，真木就不再抬起头来，只向吹响笛子的那女孩儿方位伸出一只手指。

即便若干人同时吹响，具有绝对音感的真木在分清声音音调的高低后，便用手指指向发出声的各个方位，而且丝毫不错。女孩子们随即熟悉了游戏的规律，并且试图战胜真木。

10

在明和真木为孩子们治疗脚伤期间，朔又在干什么呢？原来，他随着铭助前往上游方向巡视去了。在明的工作顺利进行之时，先前一直来来往往照看着现场的铭助便邀请朔一同前往。

铭助轻盈地穿行于搭建在整条大道上的席顶窝棚之间，临时寄身于其中的那些成年男人和女人、上了年岁的老人以及孩子，全都站立在窝棚周围，完全不向铭助和朔他们看上一眼，看样子，人们只在考虑自己的事情。

绵延于道路两侧的那些并不宽敞的人家全都敞开大门，红彤彤的火苗在阴暗的土间[1]里跃动着。有时，可以在升腾

① 建筑物内部未铺地板、只将泥土夯实处理的泥地房间，大多为厨房和玄关。

缭绕的蒸汽中，看见正在劳作的女人。

“正在让她们做‘赈灾饭’的准备呀。”铭助说明道，“俺们村子里呀，没有多余粮食呀。所以呀，到昨天为止，俺们一直在仓库里找、到山上收集做‘赈灾饭’的粮食呀。”

再往上游走去，便看见一座架在河面上的大桥，上面用木料修建了扶手。在河对岸，有一个通过砍伐树林而清理出来的广场，还有一座像是仓库的建筑物。“逃散”人群所搭建的席顶窝棚，从桥面一直延续到了广场上。

铭助和朔从窝棚以及站立于其间的人群中间的狭隘空隙中穿行而过，径直走过了桥。

刚一走进那座高大的建筑物，就看见光线暗淡的右侧堆满了麻袋，从中散发出的强烈气味，把两人的鼻孔刺激得发痒。左侧那个细长的土间对面，是铺着草席的房间，从后面的采光隔扇中透入一些光亮。一些老人整齐地围坐一圈，和服外面套着短褂，下身则搭配和服裤裙，头上绾着发髻。

“那是长老们在议事哪。”铭助说。

然后，他转向正看着这边的长老们，像是述说司空见惯的事情一般介绍朔：

“他就是昨天说过的‘三人童子’中的一人！传说中说，峡谷里的人遇到困难的时候，‘童子’就会从林子中下山来到这里，现在真的实现了！

“另外两个‘童子’，在照顾脚上受伤的那些孩子。俺们，打算和这些‘童子’一起干……

“在长老发布命令之前，就在黄栌树果实的麻袋旁等着！”

来这里时，在路上遇到的“逃散”人群，从不曾向铭助和自己瞅上一眼，可朔现在发现，长老们虽说在打量身着粗呢上衣、脚穿胶底旅行鞋的自己，却也丝毫不见他们露出惊奇的神色，这让朔感到不可思议。

朔和铭助在堆积麻袋的低矮垫板上找到一处地方，两人紧挨着坐下后，铭助对朔说道：

“此前，俺们经常说些怪异之事，长老们或许以为俺们‘又来了’，认为是俺们特意把你装扮成这个奇怪模样的。”

第七章　铭助君的作用

1

“堆在这里的麻袋里呀，装的都是黄栌树的果实哪。”铭助说道，“山枫和樱树的树叶也很好看，不过，俺们觉得最红的还要数黄栌树哪。

“你注意一下呀，在秋末，把结有果子的树枝折下来，铺在广场上，很多人都过来敲打树枝，然后把果实集中起来。

“因为呀，可以把装着黄栌树果实的麻袋交给藩府，用来取代租粮哪，所以呀，在稻米歉收的年份，说是这个村子里就靠这个过日子呢。”

“黄栌树的果实……用来做什么？”

“做蜡烛里蜡的原料哪。俺们在想，这个村子里呀，将来也会渐渐做出蜡来的。”

只比自己略微大一点儿的铭助具有如此实用的知识和计划，朔觉得非常佩服。

这时，侦察兵赶回来了。此人一定是“不下树之人”的同伙儿。铭助被叫到长老们身边，广场上“逃散”人群的代表也加入进去，于是，会议便开始了。从那边传来的语速极快的交谈虽然清晰可闻，朔却一点儿也听不明白。尽管如此，却还是能够看出事态很严重。

铭助回到这边来告诉朔：

“你们呀，请撤回到岩鼻那边去。藩府的军队虽然还在远方，可拥有三十人的快枪队，已经沿着山道正在接近这里哪。”

快枪队！朔已经不去顾忌路上人们的注意，一路跑到医疗站传达铭助的情报。

“可是治疗还没结束呀。”明说道。

“‘三人组’的‘安全’不也很重要吗？就在这条河流不远处的下游，听说正在构筑防御快枪队的阵地……工事。”

听了朔所说的内容后，真木从充作椅子的松树木桩上站起身来。尽管如此，明仍然继续为一个接一个来到面前并把脚搁放在木板上的孩子进行治疗。

朔开始焦急地催促起来，明终于下了决心，决定对那几个年岁稍大的女孩子交代一番。

那三个女孩子已经可以称为姑娘了，她们是第一批向明伸出脚板的人。然后，她们或是照顾队列里的孩子们，或是用在篝火上烤干的布块儿帮着换下打湿了的擦脚布。

明将身边的消毒药和橡皮膏交给那三个姑娘，诚挚地对她们说：

“请你们继续做下去。我和我的哥哥弟弟，现在必须离开这里了。”

三个姑娘的头发从后面束起来，她们将脑袋靠拢在一起，用明听不懂的话语商量着。然后，其中两人接过了消毒药水瓶和纸箱。朔则让另一个人看着真木收集空瓶的波纹纸箱，一面做着示范动作一面对她说道：

“你们使用过的空瓶，请装在别的纸箱里，然后挖一个坑给埋了。”

三人都用力点着头。明的内心充满感伤之情，与抱着打算自己掩埋盒子的朔一同走向连香树下，真木正在那里等待自己和朔。回首望去，姑娘们已经开始为排着队的孩子们进行治疗了。

那些用石笛与真木玩耍的小女孩们，聚集在一起紧跟在后面。明想到，在自己面前跳跃着的小女孩们，是想让自己看见她们已经能够毫无痛苦地行走了。

道路离开峡谷，已是上山的狭隘坡道。女孩子们在这里追上真木，把各自拿着的东西塞入真木那短外套的大口袋里。当真木对她们说着什么时，女孩子们却发出羞怯的笑声逃离开去。

2

对于真木来说，在上坡道行走好像还是有些艰难，“三人组”因此花费了一些时间才回到岩鼻那里。在路上，无论对真木还是对朔，明都不发一语。

地上堆积着新近落下的石榴树的黄色叶片，或许是出于疲惫，三人默默地在这背阴处的软软的落叶堆上坐了下来。明在想，不知道那三个姑娘以及其他小女孩今后的命运将会如何，可自己和哥哥以及弟弟却在“安全”地避难。

听到急急跑来报信的朔的通知后，自己立即焦急起来，首先想到要将真木藏匿到安全处所，因为，他一定非常厌恶快枪发出的巨大响声。

“你认为什么时候可以再度进行消毒治疗?”明向朔问道。

“什么? 在快枪队和‘逃散’的人们之间，战争已经开始了!”朔反驳道，继而像是不想让真木担心似的，用更为冷静的语调继续说道：

“不过呀，快枪队也一定在小心翼翼地前进，所以他们到达峡谷里恐怕还需要一些时间。峡谷里的长老们呀，计划让‘逃散’那些人匆匆吃了‘赈灾饭’后，在快枪队赶到之前就开始翻越山岭。”

“女孩儿们怎么办?”

“在这种场合呀，不应该是首先让妇女、老人和孩子们最先出发吗?”

“可那些女孩儿现在却不能立即出发呀! 她们的状况远比我想象的还要糟糕!”

明像是在高声喊叫。然后，她闭上嘴，低头看着自己用力搓揉着手指，根本无法停下来。

“我要回到医疗站去，找人去把铭助君叫来，请他停止转移孩子们。”

明一边说着一边站起身来，她觉察到此时的自己已经不同于寻常。此前每当这种时候，大多是抗议父亲对母亲绘制插图的要求太过苛刻，有时她会将自己的脑袋往家具上撞去。

“好吧，如果是这样的话，那我就去一趟吧。”朔绷着像紧握着的拳头一般的面部说道，“真木，你不要离开明儿的身边……假如我一直不回来的话，你就要说那句话：喂，‘三人组’回去！即便在这种场合变成了两人组。那么，我‘暂且’就去了。”

3

往下坡道望去，只见朔以惊人的速度向山下跑去，或许在越野识途竞赛中，他就是这样奔跑的吧。明认为，朔本人也在为那些女孩子的脚伤而担心呢。

冷静下来后，明回到真木身边坐下，从西服套装的小口袋里取出板状巧克力，掰成三份，与真木吃起来。两人将自己那份巧克力吃完后，真木直勾勾地看着放在明膝头上的那一份。于是明便说道：

“这一份要等朔儿回来后再吃。”

“他该不会正在那里吃‘赈灾饭’吧？”真木说。

明把属于朔的那份巧克力掰成两半，将其中一份递向真木，可真木并没有接受。一定是真木为了给明提神，想要说些有趣的话语（他觉得从朔那儿听来的‘赈灾饭’这句话很有趣），便注视着剩下的那份巧克力，以它为由头说了起来。

4

朔首先去了生长着连香树的广场。在广场上，明嘱托的那三个姑娘还在为人们脚上的伤口消毒治疗。明进行治疗时不曾见到的大婶和老奶奶们也出现在队列里。

看见朔以后，姑娘中的一人便将波纹纸箱中积存着的那些使用过的、附有喷嘴的药瓶送过来让朔查看。此人正是先前被嘱咐掩埋用空了的消毒药瓶的姑娘。朔对她讲了寻找铭助之事后，不仅这位姑娘，竟有十人主动接受了领路的任务。大家将朔围拥在中间，沿着河边的大道往前走去。

朔意识到身着粗呢上衣、脚穿胶底旅行鞋的自己并没有和铭助走在一起，而是正混杂于“逃散”的人群之中。她们这么做是为了保护衣着怪异的朔。

先前朔和铭助路过时曾经覆盖了大道的席顶窝棚，此时已经全部清理完毕，路上站立着或携带行李或背负婴儿的妇女和孩子们，另有一些孩子正捧着碗吃着什么。

来到桥头，只见桥上挤满了男人，人群从桥上一直曼延到建有仓库的那个广场。带路的几个姑娘原本想领着朔穿行过去，最终还是改变想法，改为从桥头那条小道往下面的河滩走去。余下的孩子们则前往仓库寻找铭助的下落，她们让朔在可以环视河面的白色岩石上坐了下来。

5

铭助在左右两侧两个年轻人的陪护下走了过来。朔记得在搭建医疗站的人群中曾见过这两个小伙子。铭助把他们留在不远处的那些女孩子身边，只身一人向朔坐着的岩石走来。

铭助显露出疲惫的神情，看上去已不是此前那位既精神又快乐的少年，而是一个满脸不高兴的成年人。他带着这副表情开口向朔问道：

“怎么还没回到岩鼻去哪？战斗大概马上就要开始了……”

“我们三人已经返回岩鼻去了。可是，姐姐说孩子们无法带着那伤脚攀爬山路……说是想让铭助君知道，于是我就下山来了。”

铭助的面庞眼看着就涨红起来，眼睛也好，上翘的鼻头也好，大嘴巴也好，都在积聚着力气，似乎要对朔全力发作出来。随即，铭助以朔难以追赶的极快语速说了起来，像是要把浮现在头脑里的一切全都讲出来。

最初听明白的话语，是铭助使用了朔也曾听说过的比喻“谁去为猫儿挂上铃铛?”。

朔觉得，现在正沿着林中道路赶过来的藩府快枪队就是那只猫儿。

千人之多的“逃散”人群，当然可以干掉三十人的快枪队。话虽如此，对方也会用快枪进行射击，将有很多人会因此而被射杀吧。现在的问题是，选择哪些人去承担这种危险的、坚守在工事里与快枪队对峙的任务。

为了解决这个难题，仓库里的会议还在持续着……

在这个过程中，铭助似乎也注意到朔在倾听时露出的痛心的模样，便停止说话，转而眺望着流淌着的河水。

再度将视线转回朔的身上来时，铭助已经换成与真木和明说话时的语气：

“就是这么一回事哪。俺们呀，觉得这样下去可不行哪。因此，在考虑其他方法哪……

“可就是说出来，估计长老们也不会赞成，在这种情况下，俺们有时就不说了。

“现在细想起来呀，假如用俺们的想法，你家大姐或许会同意的。俺们想这么干试试看。”

此时，铭助已恢复了那种专注而生动的表情。接着，他开始讲述自己的计划：

“过上一阵子，俺们独自一人呀……把那里的几个人也带上（这时，朔才意识到铭助所说的俺们，其实就是我的意思），下山到下游那边去哪。因为，俺们知道快枪队前来这里的道路。

“假如遇上快枪队，就告诉快枪队的队长，继续往山上去，就会发生战斗哪。‘逃散’人群在峡谷的山口已经修好了阵地，上面的森林里也藏了很多人，会把石头扔下来哪……

“这可不是谎话，是俺们现在正准备的事情。俺们从来不说谎话，说谎是偷盗的开始哪！

“然后，俺们就带领他们到可以渡河的浅滩，一同前往对岸翻山的道路哪。如果快枪队抢先赶到高处，他们不就能构筑阵地了吗？‘逃散’的人群沿着那条险路上山来的时候，就会受到来自高处的狙击哪。

“那么，快枪队因此就可以一夫当关，万夫莫开了吗？那倒也不是呀。‘逃散’的人有上千人之多，快枪队总不能带着上千发子弹到这里来哪。

“明白了这一点，双方大概就要开始考虑休战之事了吧。

“由于被快枪队占了先，就停止继续‘逃散’，请快枪队的队长代向藩府的大老爷请求宽恕。说不定就会开始这种谈判了！

“可现在，双方在没进行任何谈判的情况下，就准备开始战斗了呀！”

朔意识到，铭助的这番考虑，已经是自己难以企及的、非常复杂的计划了。能够想出这样一种计划并准备亲自实施的人，该具有怎样的智慧和勇气啊？！

遇上快枪队的时候，或许会被射杀。与此同时，还有可能被“逃散”的人们指责为叛徒。可铭助为什么能够毫不畏惧地去实施这个计划呢？

在与朔谈话之时，铭助早已下了决心，准备随即就前往下游地区，并将插在腰间的刀扔在了岩石旁边。

朔取出了自己非常珍爱的瑞士产折叠小刀。从原理上来说，这柄构造复杂的小刀更有可能在技术上使得这个时代的科学产生混乱，然而朔还是将小刀递给了铭助。

6

接着，朔对铭助说道：

“回到岩鼻后，我就告诉姐姐，孩子们不用再翻山越岭了。”

“假如一切顺利，那就好了。”铭助显露出久已不见的淘气孩子的笑脸，他说道，“无论能不能做到，估计往后俺们会很忙，可能见不上你们了，所以俺们要问你一件事哪。

“你们为什么要在这个时间来到这个场所哪？”

于是，朔讲述了奶奶描绘的那幅表现峡谷内重大事件的绘画。在诸多画作里，真木最喜欢铭助领着柴犬站在岩鼻的那幅画。而且，他还想到要去见见那条狗（对真木来说，它叫“腊肉”）……

就这样说完开头后，朔一口气说出了真木的智障和那个传说，说是只要在“千年老锥栗”的树洞里沉入梦境，就能从自己生活的时代来到希望到达的场所，并且见到希望看到的事物。

“‘千年老锥栗’的传说，俺们也听说过，还去看过有树洞的树。狗也在那里发现了那棵大树哪。俺们虽说不知道你们是距现今多么遥远的未来时代的人，可那一段时间间隔却被你们称作千年哪。”

“你所看到的那棵‘千年老锥栗’，树身从中间处折断了吗？据说那是被雷电打断的。”

“并没有折断呀。不过，这种事情也可能哪。往后还要经过很长时间呀……”

铭助从坐着的那块岩石上猛然站起身来，他这样说道：

“要是能更深入地谈下去就好了……与你家大姐和大哥也是如此。俺们呀，已经没有那个空闲了！”

7

看到朔上山回到岩鼻来，明和真木都高兴得涨红了面庞。朔知道，明不仅在担心那些必须带着脚伤翻越山岭的孩子，也在担心着自己。

真木也是由衷地为弟弟平安归来而感到喜悦。除此之外，还有一个让他感到喜悦的因素，那就是朔把“腊肉”也给带来了！

铭助因为有一些需要立即着手处理的工作，便为将要独自返回岩鼻的朔而担心。

“俺们已经派出了侦察兵，估计快枪队也在队伍前面安排了侦察兵。假如走从连香树那里上山的道路，在山下就能看见。

“还有一条从上游绕往岩鼻的道路，俺们让狗为你领路。俺们只要一吹口哨，它就立刻会过河到这里来哪。”

铭助把手指衔在口中，发出让朔为之吃惊的巨大哨音。

“你家大哥如果想把这条狗带走，那就带走好了。能把那么多药堆在一起带过来，回去时带上一条狗，不也很容易吗！

“……过来，狗！去领路。‘腊肉’！去山上岩鼻那里有人的地方！”

8

朔追赶着狗儿，一面沿着陌生道路往上走去，一面侧耳倾听着山下的动静。只要没听见快枪的枪声，就表示事态还没有发生恶变。

朔告诉明，从山下来到岩鼻处大约用了一个小时，在此期间，铭助的计划肯定得到了实施，孩子们不用再翻山越岭了。

明很想向朔了解铭助说过的那些内容，尽管如此，朔还是没有说出铭助表示可以把“腊肉”带走之事。

就像平日里那样，真木一面做着其他事情，同时隔着一段距离旁听朔和明的谈话。现在，他正坐在以漂亮姿势站立着的“腊肉”身边，抚摸着好像正在燃烧般的红褐色脊背。

真木触摸着就像夏天一样温暖，像马的身体一样柔软的

“腊肉”。

朔在回想自己返回岩鼻时，明和真木因高兴而涨红了面庞的情景。倘若照实转告铭助所说的那些话语，真木一定会因此而越发满面红光吧。

不过，“三人组”把“腊肉”带回我们自己的时间和空间之后，铭助就只能独自面对业已开始的艰难工作，连狗儿也不在了……

在如此思考着的朔的身旁，明做了一个深呼吸。朔觉察到，明正在考虑重要的事情，而且，她就要将其说出来了。

也是因为朔的头脑思考速度太快，习惯急于将思考的问题说出来，父亲因此告诉他，对于重大问题或感觉到的危险，在说出来之前，先做一个深呼吸，如果深呼吸过后仍然想要说出来，那就不妨说出来。先前的深呼吸，也可以为将要说出的话语增加力量……

尽管实际情况与朔并不相同，可一贯谨言慎行的明在一旁听了这话后，便也将其作为自己的习惯。

“如果脚上有伤的孩子们不用再翻山越岭的话，我当然会很高兴。”明说道，“不过，数以千计的人‘逃散’到了这里，不也有着自己的目的吗？”

“我也曾就此事询问过铭助，对于中止‘逃散’是否真的合适表示了疑惑……

“铭助是这样答复的：假如生活确实非常艰难，村民们就一定会在几年后再度举事。或者选择‘逃散’，或者选择备好武器进行战斗的‘暴动’。

“那时候呀，俺们年纪也稍微大了一些，可以更好地发挥作用呀……”

“这两天里，我考虑了很多次，铭助君的年岁和我相仿，却已经那么‘老练’！”明说道。

“……不过，情况也不尽相同。”朔说，“大家都很累了，这就回去吧？”

明沉默不语，真木也是如此。因此，朔也只能与那两人一样，在沉默中等待。

不一会儿，就像最初来到这里时听到的那样，传来一阵海啸般的轰然声响。正在侧耳倾听的真木说道：

“在这声音中，有孩子们的笑声。”

在“腊肉”的引领下，朔一直跑到刚才上山道路上林木稀疏的拐角处，明和真木也随后跟来。

从这里往下面看去，堆积着黄栌果实的那座仓库清晰可见。头戴圆锥形黑帽、肩扛快枪的武士们，在仓库前排成一列横队。

从广场周围直至桥面，甚至河滩上都站满了人，唯有广场中央隔出一块空地，村里的长老和“逃散”人群的代表，与头戴同样是圆锥形、颜色却是金色的帽子，坎肩高耸、威风凛凛的武士正在面对面地进行谈判。

“铭助君在做着类似翻译的工作。”明说，“谈判如果顺利的话，就会出现奶奶那幅画上的宴会场面。”

真木在“腊肉”的肩头拍打了一下，那狗儿便从逐渐阴暗下来的树丛中往山下跑去。目送它远去后，真木回身说道：

“喂，‘三人组’回去喽！”

在身体飘浮而起的感觉中，明觉得真木也“老练”起来了。

第八章　石斑鱼形石笛

1

回家之后的三天里，明一直没能起床。从锥栗树的树洞内前往山下“森林之家”的路上，也是请鼯叔叔背下来的。

在那三天里，只要清醒着，明就一直在思考“有生以来第一次遇见的、实在不可思议的事情”。自己竟然前往了一百二十年以前的世界，并在那个世界里邂逅了生气勃勃的孩子们（铭助君也是一副生动的孩子面孔）。

“尽管如此，更加不可思议的，”明在想，“是现在又回到了这一侧的世界……”

阿纱姑妈取代了什么也做不了的明，把饭菜做好后再送过来。朔把自己和真木的两人份饭菜在餐厅的餐桌上放好，然后把另一份送往二楼的明那里。

把在那个世界了解到的大致情况向阿纱姑妈和鼯叔叔汇报的，也是朔。

第二天，朔郑重其事地守护着从床上坐起身来（缓慢地、一点儿一点儿地）进餐的明，同时说道：

“那些人呀，说是要耐心等待‘三人组’能够说出那边的情况来。他们表示，相信我们去过那边。而我呢，也打算详细而准确地把这一切都说出来，因此，现在正记着笔记。”

第三天傍晚时分，明下楼来到起居室，真木便让她观看鱼形石笛，这些石笛放置在起居室窗边用各种石笛堆成的两座小山之上。

“从医疗站撤退时，那些小女孩追赶上来，把藏在手心里的东西塞到了真木的口袋里。就是这样得到的吧?”

“音程顺序准确无误的，只有很少一部分。”

具有绝对音感的真木，把用铅笔在石鱼脊背上标注了记号的石笛，归置到那堆体积稍小的山上。

“有降半音的 si，还有 re、mi、fa 和高半音的 fa 等等。这个小石笛，上面的 re⋯⋯真木，你也像孩子们那样吹一吹吧。”

真木将被明弄得凌乱不堪的石笛重新排列过后，在每一个石笛上只吹一个音，从而将旋律连接起来。

这是真木从养护学校初中部毕业时创作的曲子，父亲还为这个曲子填了词。

“什么？峡谷里早在一百二十年之前就在唱《毕业》这歌了！”

朔大声地这么说了之后，随即便觉察到自己上了一个大当。

“这是打算为明儿吹出自己创作的曲子，才找出合适的音程并连接起来的吧⋯⋯”

回到这个世界之后，明第一次发出了笑声。真木也是一副得意神气，唯有朔露出了无可奈何的苦笑。

2

第二天，明和真木陪同朔外出调查，以便弄清那个世界所发生的事情。根据朔的指南针判断，顺着由“森林之家”

通往树丛中的那条道路上行，将会与通往北边的上行林道交会，再从那里横穿而过并走上古道，便可以径直前往“千年老锥栗”了。可是，今天却要从林道往西下行而去，那里通向已经铺上柏油的宽敞国道。

从森林中流到那里的河水的两岸现今已被人们用混凝土加固，在距国道很远的地方钻入地下。

尽管如此，那株巨大的连香树却是带有医疗站的那座广场的标记。朔在请鼯叔叔复印的本地地图上标注出了连香树的位置。

钻入道路之下的那条河，经由陶管从国道另一侧较低矮的地方汇入另一条河流，后者的河岸则早已成为高高的堤防。

“我们在那个世界见到的河岸上面生长着绵延不绝的低矮竹丛，非常漂亮，可眼前……”明说道。

“不过，我也曾问过铭助，说是如果连续下雨的话呀，河岸上的道路就会坍塌而无法通行。”朔说道。

“三人组”向上游方向走去。

“就在下方那片占据很大一部分河面、四处铺展开来的岩石群上，人们搭了长长的木板，用作‘逃散’人群的厕所。”朔说，“我对鼯叔叔说了这事，他就告诉我，听说很久很久以前，人们曾在河面上搭建厕所，于是就有了河厕这个词语。鼯叔叔还告诉我另一种说法，说是古代的人们很珍惜肥料，不会让河水将其白白冲走。”

曾经安装木质栏杆的那座桥所在的地方，就是“三人组”也曾走过的水泥桥，而对岸堆积着黄栌果实的仓库所在的广场，现在则被一直开辟到高处，成了一所中学。

在运动场的边缘与树丛相接之处，建有一座讲堂，从中传出练习吹奏乐的音响。由于真木在侧耳倾听，明和朔便也停下脚步，在那里等了一会儿。

3

到了返回与河流平行的国道的时间了，明问起了一直挂念着的问题：

“我们去往那个世界时，最先到达的地方就是岩鼻吧？无论铭助君还是‘腊肉’，都是在那里遇上的。而且，我们下山去了峡谷以后，不也还是先回到岩鼻处，再考虑其后事情的吗？可今天为什么不调查那座岩鼻呢？”

“因为岩鼻已经不存在了。”朔生气似的说道。

“你是说，已经不存在了……那么实实在在的场所？”

“假如现在还存在的话，无论在峡谷的任何地方，抬头不就能看到了吗？

“我原本想先在地图上标注出岩鼻的位置，因此，昨天我就从‘森林之家’出发前往峡谷那边去探险了，还从河沿的大道上抬头寻找了一番。

“然而，我无论如何也看不到那座岩鼻，于是就去问了阿纱姑妈。

“姑妈是这么回答我的：‘朔儿，在驶入峡谷的车子里，你不是说了吗，啊！山崩了！那里就是岩鼻原先的所在地。’

“能看得见对面吧？听说把岩鼻上的大块儿岩石炸下来后，就开进来很多辆大型卡车，把那些岩石全都运了出去。那些岩石都是质地非常好的石头，能卖很高的价钱呢。现在不正是建设高潮吗？

“阿纱姑妈也说，孩童时代前往岩鼻处游玩时，会从岩石间挑选风化为鱼形的石块儿，再挖出孔来做成笛子……这就是石斑鱼形石笛了。”

“假如呀，铭助君从他们那一侧进入锥栗树的树洞，不就可以来到我们这一侧了吗？如果他知道岩鼻在未来将会消失的话，会作何感想呢？”

“一定会非常失望！我不是说过吗，如果乘坐时间装置前往以前的时代，却不能收拾长大后注定会成为恶人的孩子，那就‘无意义’了。因为说这话，还惹真木生了气。

“假如前往未来，发现自己的土地比现在更加糟糕的话，时间装置就比‘无意义’更加糟糕了。”

朔和明都陷入沉默之中，等到他们的交谈告一段落后，真木在一旁小心询问道：

“铭助来时，会把‘腊肉’也给带来吧？”

4

在生长着连香树的林道入口处，此前遇见过的那些中学生正聚集在那里。

“大家好！”真木招呼道。

中学生们并没有回应真木的招呼，反而哄的一声笑了起来。

“三人组”从国道刚走下去，与真木年龄相仿的少年便挡住了去路。明只觉得这个高中生与某人相似，却没有时间往深处想。

少年操着大人般的强硬口气质问道：

“你们，在锥栗树的树洞里干什么呢？”

朔往前走到远比自己高大的对手面前，在回答对方的问题之前，先做了一个深呼吸。朔并不打算支吾、打岔，他在考虑如何讲述那难以说明的问题。明认为，少年也是在认真地等候着回答。

然而，挤成一团的中学生里有一个看似机敏的孩子在一旁搅局道：

“你和你家大姐在干什么？你家大哥和大姐在干什么？”

那群中学生一齐大笑起来。与朔对峙的少年向那边转过身去，做出制止的姿势。少年再转回身来时，朔的面孔早已如同握紧的拳头一般发青。少年扑哧一声笑了出来。

朔揍了那少年，少年即刻回击了朔，同时发出比朔动手时更大的响动。朔低下脑袋，并将脑袋顶在少年胸前往前推去。少年踉跄着后退，随后站住脚跟，与朔相峙在一起。这两人扭打成一团后，便开始你推我搡，朔刚一倒下，对方便将高大的身躯骑压在朔的身上，用双手摁住他的脑袋。

朔试图用空出的右手击打少年的面部，却由于少年将面部低埋在自己的两臂之间，朔的拳头便只是从少年脑袋上一掠而过。

被摁住头部的朔像是透不过气来了，现在，他张开自己的右手，在地面上摸索着。真木便蹲下身子，将原本装在口袋里的石笛递了过去。于是，朔就用这石笛砸向少年的脑袋。

少年的双手放开了朔的头部，抚摸着自己的脑袋，一看到沾染上的血污，便从朔的身体左侧横向翻滚下来。他用双手抱着脑袋，如同大虾一般弓起身子，静静地躺在地上。

真木把朔拉了起来，就像儿时两人常有的那样，用自己的手臂揽住朔的肩头，朔垂挂着的手上仍握着石笛，两人随即迅速走开了去。

5

隔着肩头，朔瞥了一眼紧跟在真木和自己身后的明。尽管并不喜欢，朔仍有另一个经常使用的词语，那就是“惨痛”。现在，他正是这样一副神情。

明知道，这是因为他用石头把别的孩子给打伤了。虽说明也觉得朔很可怜，可对于用石头砸破别人脑袋这事情本身还是感到厌恶。

林道离开峡谷中的河流，向杉林丛间蜿蜒而上。走到某一高度时，便传来了中学生们相互争吵的声音。

朔的肩头猛然一震，随即停下脚步，转身向来路望去，目光中流露出一种可怕的神色。此时，他仍然握着那块沾染血污的石头。

明挽起真木的臂膀，想要往坡上走去，却被哥哥用力甩开，于是她便噔噔噔地独自走开了。明在想，较之于会见朋友和参加兴趣小组的活动，一直以来，自己更在意与真木共处的时间。如此看来，这也真是“无意义”了。

6

中学生们并未追来，“三人组”一同回到了“森林之家”。话虽如此，三人却都像在各自活动，彼此间连话也不讲。

朔独自走进兄弟俩的寝室，真木仍然停留在客厅，靠在面向青冈栎树丛的那面窗子旁。明则坐在餐厅的餐桌旁，将两只臂肘支在桌面上。

过了一会儿，明走到真木身边站住：

“没有 FM 的调频音乐节目吗？可以播放 CD 光盘呀。”

可真木却看也不看 CD 播放器一眼，他开口说道：

“朔儿战斗了！”

“用石头打架很不好。”

“我也参加战斗了。”真木反抗道。

明没有勇气独自前往二楼自己的房间，她觉得楼下一旦只剩下真木和朔这哥俩，可怕的事情就有可能继续发生。明在想，所谓束手无策，就是像现在这样吧。

朔目前大概正在苦恼，为了对自己干下的事情负责，自己必须做点儿什么。然而，由于没有任何妥当的方法，从而觉得这个世界以及自己的前途全都一片黑暗……

7

就在这时，倒是真木走了过来，把自己发现的窗外情况告诉了明（就像与父亲来到“森林之家”，发现“腊肉”时那样）。往窗外看去，只见站立在青冈栎树丛下的，正是从头顶直至下颚都被用绷带包扎起来的少年。

明飞快跑到朔的寝室，向躺在上铺面朝墙壁的朔喊道：“那个孩子复仇来了！”接着她又说道：“把玄关的大门锁上，然后躲起来！”

“那种事我可不干。”朔回答后便蓦然下了床。

真木两手托着若干石笛，来到正在玄关系扣帆布鞋鞋带的朔身旁，蹲下身子问道：

“要哪一个？”

“哪一个都不要！”朔用力说道，然后拉下毛衣领口，对真木露出紫黑色伤痕，接着解释道：

“刚才呀，我有点透不上气来，多亏了真木你的帮助，可现在已经不需要了。”

明走向慌忙回到窗边的真木身边，看到朔正走向那位少年。较之于朔，少年整整高出一个包裹着绷带的脑袋。虽说听不到说话的声音，可两人显然正在商议。

这时，少年向后方举起手来，随即从通往林道的小路上跑来一个小个子少年。

明生气地想，二对一的战斗就要开始了。然而，三人却只是静静地站在那里说话。不一会儿，那两位少年向朔伸过手来握了握，便退回到青冈栎树丛中去了。

来到客厅的朔满脸通红：

“我打伤的那个人，说是叫阿新，在松山的一所私立高中就学。听说请阿纱姑妈做了应急治疗。‘总之’，说是要去红十字医院进行检查……

“另一人是阿卡，原本他想要逗大伙儿开心的，却说出了那样的话，一直在后悔。”

“朔儿也道歉了吧？”明问道，“你们并没有像我那样束手无策，还找到了解决问题的方法，真是了不起！”

8

翌日清晨，尽管已经没有必要再往这里送饭了，阿纱姑妈还是决定过来看看情况。她刚来就告诉朔，阿新那负伤的脑袋恢复良好。

“不过呀，朔儿，暴力呀，无论大小，都是人们所能做出的最糟糕的事情。遭受暴力伤害当然会感到很痛苦，可用暴力伤害别人，不也会感到痛苦吗？

“对了，孩子们之间都已经说好了，可由于学校正在放暑假，说是母亲们要在公民馆里召开协商会，也要求我和鼯叔叔过去。

“明儿，一起去吗？

“当地女人们的脾性，你多少也知道一些吧？如果有人提出‘加害者的家属是怎么考虑的？’之类的问题，你作为‘三人组’中的一员，也可以进行回答……”

“朔儿和我进行了战斗。”真木再度说道。

9

阿新是唯一的高中生，因而在伙伴里非常显眼。他的母亲从宽大的肩头中伸出长长脖颈说话的模样，在人群中也同样引人注目。

“我已经知道了，这次出的事儿，在阿纱的关照下，目前没有异常。我家阿新说了，自己和同伴们也有不对的地方。卡儿他妈，这么说行吗？

“不过，出了这样的事情，不也应该考虑一下根本原因吗？

“现在，由于电视的缘故，我们当地的孩子，不可能因为对方是从大都市里来的孩子就感兴趣。

“话是这么说，可要是对方做出什么古怪之事，当地孩子还是会予以注意的。

“包括女孩子在内的三个孩子在林子深处的树洞里过夜，这难道只是普通之事吗？

“与其说要去问他们在干什么，毋宁说，阿新对于像有的成年人做出的那样有伤风化的事情羞于启齿。

“可是，尽管如此，如果没人去干那种事，也就不会有人去问了，更不会有人被问了后还恼羞成怒地打伤人吧。

“我认为哪，建议东京来的那几个孩子到树洞里去睡觉的成年人，才是最坏的人！他为什么要干这种事呢？

“十年前，也发生过同样的事，还曾经因此遭到学校和村子里的批评。难道，那个人这次又干下了同样的事？

“那人当时不是表示‘事态发展至此，都是我不好’并承担了责任吗？为什么这次又干了同样的事情？”

10

由于朔的事情（尤其是用石头伤人之事）未被提及，明稍微松了口气。不过，鼯叔叔因协助“三人组”而受到了责备却是事实。其他人又会怎么说呢？

在阿新的母亲说话期间，坐在她身旁的那人不停地点着头，无论她小巧的身材还是机敏的感觉，都与在青冈栎树丛中加入阿新与朔的谈话的阿卡相似。但是，当阿新的母亲说完后，大家都沉默下来，没有人接着发言。

两位更为年轻的女性坐在远离母亲们的位置上，仿佛早就看透了这一切，其中怀抱婴儿的那位女性问道：

“我要说的是跟这件事没有直接关系的事，可以让我说一说吗？”

“我觉得可以啊。”阿纱姑妈回答说。

那人把婴儿递给身旁的姑娘后，站起身来：

“我是林子深处的人，今天到在峡谷诊所里当护士的妹妹这里来了。

“从妹妹那里听说，有一个跟韬老师有关的协商会，就一大早赶路到这里来了。十年前，我跟妹妹也曾在峡谷内租过房子，在这里上中学，而母亲则因病住在诊所里面。

“话讲到这里，大家应该想起来了吧？

“请求韬老师允许在锥栗树的树洞里睡觉的，正是我们俩，而老师则用登山睡袋睡在了树洞外面。

“从第二天开始，我们无论在学校里还是走在沿河的大道上，都会被人们叫住，询问在锥栗树的树洞里遇见了什么。就算告诉对方‘没有遇到任何事情’，还是不能让大家伙儿相信。其他的孩子和大人只是一遍遍地问，‘为什么要在深夜里到那树洞里去？’

“渐渐地，我开始了用沉默代替回答，即便在鼯老师被迫离开学校之际，我仍然沉默不语。从此以后，直到今天的这十年里，我一直保持着沉默。

“这一次，鼯老师的事再度成为传闻，听妹妹说起有这么一个协商会。我决定不再保持沉默了。

“在教室里，告诉我们有关锥栗树树洞这一传说的，是鼯老师。听了这个传说后，我也希望像“童子”那样前往另一个世界。

“虽说是另一个世界，其实我当时想要去的地方，就是我们村子里分校的运动场。我想去那里确认从母亲那里听来的话，我想前往自己尚未出生、战争还在持续的那段时间，想亲眼看看被带到村子里来的那些孩子。

“鼯老师跟我们相约，让我跟妹妹去验证那个传说。在此之前，为了保证我们的安全，鼯老师对锥栗树树洞进行了探查，他一直查看到洞内最深处，还被鼯鼠咬了手指头，后来不就因此有了‘鼯老师’这么个外号了吗？”

由于从一旁传来“那可跟眼前这事无关!”的喊叫声，刚才的话语中断了一下，随即又继续下去。

“鼯老师上去轰赶鼯鼠，为了让它不能再回来，他还堵塞了树干上的洞穴，以便我跟妹妹能够在锥栗树的树洞里睡觉。

“现在，从东京来这里过暑假的孩子们如果也想进行这个实验，那么，他们一定有这么做的理由。”

明像是在教室里一般举起了手，说道：

“正是如此!”

11

协商会议结束之后，阿纱姑妈和鼯叔叔与阿新的母亲站着交谈起来，在此期间，明观看着贴在过道墙壁上的、孩子们画的图画，其中也有描绘铭助的图（他正站在暴动农民的最前面，虽然还没有长大成人，却显现出一种威严）。

这时，怀抱婴儿的年轻母亲走了过来。

“谢谢!”明说道。

“不用客气，应该是我谢谢你。”

由正面看去，年轻母亲与那位圆脸庞、面颊上泛着红晕、从明那里接替了医疗站消毒工作的姑娘倒是有几分相似。她想要说些什么，却又因为现在时间不够而露出了打消念头的笑容。

明在想，此人十年前无法让同是孩子的伙伴以及那些大人相信自己，从此便沉默不语，而且她一直在为保持沉默而痛苦不堪。

终于，今天她下决心说出了这一切。所谓“果敢”，指的就是这种人……

第九章　远离战争的森林深处

1

由鼯叔叔照看的“森林之家”后面有一间小独间，鼯叔叔就在他居住的小独间里开了一场午餐会。

朔受到业已成为朋友的阿新和卡儿的邀请，将一同前往森林中的古道进行探险，明和真木也因此而得以参加。阿纱姑妈，还有在今天上午的协商会上发言的那位年轻母亲繁子也带着妹妹来了，小屋后面的阳台上因此到处都是人。

巸叔叔忙于用炉灶烤制比萨饼，在休息期间，又说香烟对繁子怀抱的婴儿有害，自己便坐在大栗树下的椅子上抽烟，旁听阳台上的谈话。

“繁子，你们在锥栗树的树洞里过夜时，做了什么样的梦呀?”

当阿纱姑妈这样问起时，繁子却沉默下来，不作回答。

明在想，这可真是个习惯于沉默的人呀。

繁子的妹妹却在眼神里和嘴角处灌入了力量，想要鼓励繁子。

不一会儿，繁子带着些许悲伤的情绪开始静静叙说起来：

“我跟妹妹做了相同的梦。梦境跟我们想要见到的景象完全一样，可睡醒之后，我却无法用语言表述了。”

明回忆起，第一次乘坐“做梦人”时间装置时，自己也是如此。

“从那以后，在不断思考的过程中，梦境一点儿一点儿地开始清晰起来，比如，在雪地上，男孩子身穿用旧毛毯缝制的外套，比如还有狗，等等。

“……现在，我知道确实能够前往想去的时间及地点。”

“把这些都回想出来之后，你们告诉巸叔叔了吗?”

“再也没能见上被学校解雇了的老师……即便听说老师回到了这里，可总觉得自己做了对不起老师的事……这还是我第一次对妹妹以外的人说起这一切。”

2

明对繁子这样说道：

“我们‘三人组’在进入锥栗树的树洞时，商量过希望前往什么时间、什么地方。

“从奶奶那里，我们得到一些画，上面描绘着这块土地上曾发生过的事件……哥哥尤其喜欢其中一幅画，我们认为自己首先想去那里。”

“去成了吗？”

“去成了！在一百二十年前的、可以俯视峡谷的岩鼻上，哥哥遇见了非常希望见到的那条狗。”

“铭助带着‘腊肉’。”真木说道。

“我从分校转到这个中学来的时候，岩鼻还在呢。男同学在竹竿头上系好绳圈，就去那里套石榴。

“关于铭助的情况，鼯老师曾经说起过。那条狗的名字却没听说过……”

“因为，那是我起的名字呀。”真木得意地说道，大家都笑了起来。

接着，繁子又继续说道：

“听韶老师说起有关锥栗树的树洞这一传说时，我之所以非常想要去看看，是因为曾经听母亲说过那些话。

“也就是母亲告诉我们的，战争快要结束时，在我们居住的地域内发生的事情……”

3

阿纱姑妈直勾勾地看着繁子，她问道：

“你们的母亲，在我还是小学生的时候……战争时期叫作国民学校……应该是你们村分校的小学生吧。学校本部在森林东边的出口处，分校离我们村子比较近。那时，我是峡谷里的孩子，也曾听说森林深处那座村子里发生的事情。

“在战争结束那年的年初，你们的母亲跟村里所有人一同离开了村子，是这件事吧？”

“是的。”

“韶叔叔，你也知道这事吗？”

“现在知道了……不过，十年前还没听说。因此，即便繁子对我说起想要去看什么，我也完全不懂。

“后来，我听说了那件事，就与本地的年轻人一起做了调查。”

“如果要向明儿他们说明的话，那就是比‘逃散’更接近于现在这个时代所发生的事。是距今仅仅四十年前的事情。就发生在从这里出发，需要往森林深处走上大约两个小时的地方。

“尽管如此，现在也没多少人知道此事，大概是因为出事的那个村子里的大人们不想宣传出去吧。看样子，他们是希望尽早把这一切都给忘掉。

“不过，繁子的母亲却对孩子们照实说了。然后，繁子她们就想要前往事件的现场看一看。”

接着，阿纱姑妈对明和真木这样说道：

“进入锥栗树树洞里的孩子，只要从内心真诚期盼去想去的地方，心愿就会得到满足……

“我呀，在这个传说中最喜欢的，就是这一点了。因为，从内心真诚期盼是非常重要的。

“孩子们也经常会产生虽然想要与成年人进行竞争，自己却又丝毫没有可以战胜成年人的必胜信心吧？

“然而，如果能从内心真诚期盼的话，孩子们将会比成年人更为优秀。

“只要你们是孩子，就完全可以灵活运用这种能力！”

4

掩上烤制比萨饼的炉灶锅盖后，鼯叔叔来到了阳台上。由于椅子数量不足，他将身体凭依在栗树长势恰好合适的大树枝上，如此开口说道：

“就像阿纱说的那样，我也认为，孩子们发自内心的真诚期盼，是有力量的哪。

“虽然我在教室里说了有关锥栗树树洞的传说，可我本人并不相信。不过，下课之后，繁子过来提出请求，说是想带上还是小学生的妹妹在锥栗树的树洞里睡上一觉。”

繁子和她妹妹都点头表示肯定。

“我是这么考虑的：这些孩子从内心期盼前往另一个世界，我们不能说那样的事就绝对不可能发生……

“因此，当我离开学校之际，根本就没想到要去确认繁子她们是否遇见了想要看到的事物。

“行走往来于欧洲农村的那段时期，我经常想起来的，就是那些孩子从内心真诚期盼这事情本身……

“当听说真木独自住进锥栗树的树洞时，我就在想，那个传说竟然是真实的。

“这一次，我可要认真听取从另一侧回来的孩子们所作的报告。明儿，我就是这么想的。”

5

为了不被别人认为自己是有意对他人的提问含糊其词，明直视着鼯叔叔的眼睛回答道：

“‘三人组’究竟经历了什么样的事情，弟弟比我叙述得更详尽。朔儿已经开始在森林和峡谷里进行实地调查……

“我想请繁子姐妹俩说说她们进入锥栗树树洞里所做的梦。

“阿纱姑妈也好，鼯叔叔也好，都相信我们乘坐‘做梦人’时间装置去了一百二十年前的那个世界。不过，在前往‘逃散’人群来到的峡谷时，对于我和弟弟而言，眼前所看到的并不是内心希望遇见的事物。对于真木来说，他倒是希望遇上‘腊肉’……

“在前往另一侧的时候，我一直觉得很害怕，想要回到这一侧来。在锥栗树的树洞里醒过来，觉察到已经回到现在的这里时，我真的非常高兴。

“不过，眼下无论是我还是弟弟……我想，真木也是如此……都想要进行新的旅行。因此，我想请繁子姐妹俩说说她们从内心期盼前往另一侧时的情景。”

“我也想说说。”阿纱姑妈说，“而且呀，我知道的那些事情，或许可以补充繁子姐妹俩所讲的内容。”

6

繁子开始了讲述。在讲述过程中，每当觉察到某处似乎表达得不充分时，她便闭上嘴看着妹妹，直到那些讲得不够充分的地方得到妹妹的补充。

明在想，十年以来，这姐妹俩不曾对外人说起此事，只在彼此之间如此交流。

“我们那时还是小孩子，可是从更小的时候起，就知道村子里曾经发生过那件可怕的事。倒也不是听谁说的，无意中就知道了那事。终于有一天，我们要求母亲说说那事。

“那时，战争已经持续了很长时期。听说，就在那场战争将要结束的那一年（据说母亲们当时认为战争将会永远持续下去）的年初，有十多个孩子从城市被带到了森林深处的村子里。”

繁子的妹妹接着说道：

“是‘疏散’到村子里来的。大阪跟神户遭到或是将要遭到空袭，一些人就被疏散到了农村。听说，人们把这叫作‘疏散’。尤其是孩子们……

“不过，据说送到我们村里来的，都是干了坏事后被送进教养院的孩子。当时，就连同那所教养院的其他人，也一同疏散到我们村里来了。”

“那些孩子刚来不久，村里的道路上就出现了死掉的老鼠呀鼹鼠什么的，连黄鼠狼的尸体都出现了。接下去，就是家畜……终于，听说连人也开始死亡了。

“说是疏散的孩子们带来了传染病，这个谣传很快就扩散开来。村子里当时又没有诊所，村里人也不知道那是什么传染病，就全部离开了村子，只留下了那些疏散来的孩子。也算是给那些被送进教养院的孩子下了一道通告，告诉他们不可任意四处走动。

“村里只剩下那些孩子。至于那些孩子是如何生活的，母亲却没有告诉我们。

“然后，母亲就生了病，于是，需要住进诊所的母亲以及我跟妹妹，就搬迁到峡谷里来了。接着，就在教室里听到了那个古老的传说。

“我跟妹妹商量之后，就去找了鼯老师，请求老师让我们去试试那锥栗树的树洞。

“那起事件，是战争结束那一年发生的，那时我还没有出生。不过，我觉得如果能够前往当年二月初的村子，那就太好了。

“我想亲眼看看，没有成年人帮助的那些孩子在陌生的村子里是如何生活的。我内心怀着这样的希望，跟妹妹就在锥栗树的树洞里睡着了，当我再度意识到周围的情况时，已经是在白雪皑皑的村子里了。”

7

“然而，我跟妹妹看到的景象，却是非常简单。”繁子说，“现在嘛，连孩子也会用的那种一次性相机可以拍摄很多照片。我们小时候呀，就算远足旅行，自己拍下的照片也就那么一两张，其后会看着照片回忆当时的情景。我们在锥栗树的树洞里睡着后看到的景象，就跟刚才讲述的情景一样。

“森林也好，道路也好，房屋也好，全都因为大雪而呈现出一片洁白。十四五个孩子，就置身于这洁白世界之中。他们都是男孩子，身着相同样式的服装，在分校的运动场上围坐成一个圆圈。

“仔细看过去，孩子们各自都拎着一些小鸟，其中一个比其他孩子都要小的孩子，怀里抱着一只野鸡。那只野鸡有着红红的面颊，深绿色的胸脯，它长长的尾巴一直垂挂到了雪地上。狗儿在一旁守护着小孩跟野鸡……

“孩子们好像都很高兴。我跟妹妹为了不被对方发现，就隐藏在分校入口处植有松、竹以及正开放着的梅树的树丛里。

“这时，那狗发现了我们……随即跑了过来。我跟妹妹开始害怕起来，担心被男孩子们发现，就在内心期盼回到原先的处所。

“当我们恢复意识的时候，已经在锥栗树的树洞里抱在一起哭泣了。我们能够回想起来的，也就只有这些了。”

8

明想起在“三人组”将要回到这一侧来的时候真木说的那句话语，总觉得那是“做梦人”时间装置的“咒语”。对于真木而言，很多普通事情都是他难以做到的。然而，有时他也会知道一些不可思议的事物……

情况并非如此，他只是将“三人组”从内心期盼回到这一侧来的那种心情信口说了出来而已。

明觉得，繁子姐妹俩所说的内容是完全真实的。

9

接着发言的是阿纱姑妈，她的观点也与明大致相同。

“战争结束那一年，我已经八岁了，至今还记得森林深处的那个谣传。说是那里暴发了传染病，因此流经峡谷的那条河里的河水不可饮用。

“那个村子里的人呀，来到峡谷里避难了一个星期或是十天，村长一家人就住在我家里。

“跟我一起游玩的女孩儿对我讲了这么一件事：有一个孩子生了病，说是已经没救了，就被遗弃在泥灰墙仓库里。她还说，这可是绝对不能对外人说起的‘秘密’……

“事后搬回自己村子去的村长，后来再度下山来到我们家，把派出所的巡警请到了酒席上，说是在举村外出避难期间，被严令不得离开分校的那些孩子干下了坏事，其中一个从村里逃了出去，希望能予以通缉。讲述的就是这些内容。

“我母亲……也就是明儿他们的祖母……当时正招待这些客人，便打听‘那些坏孩子究竟干了些什么’。

“村长生气地说，他们任意闯入空出来的房屋，偷吃收藏在屋里的食物。母亲就说了，如果只把孩子们留下来，他们找到什么就吃什么不很正常吗？”

10

鼯叔叔说了起来：

“在当地的传说中，‘千年老锥栗’的传说和铭助解决‘逃散’问题的传说都广为人知。战败那年暴发传染病的事件，也成了新的传说。

“森林深处的村子也好，这个峡谷也罢，后来都被邻镇给兼并了，还编写了新的‘镇史’，可其中并没有写入村民因传染病而外出避难之事，连同教养院一同疏散来的坏孩子们被遗弃的内容也丝毫没有得到记载。

“可是，只要直接询问上了年岁的老人，对方就会说，作为外人的那些孩子好像在下了头场大雪的林子里捕捉小鸟，以此进行了祭祀。

“当繁子提出想要进入锥栗树的树洞时，我以为她们只是想试试这古老的传说是否灵验，便接受了她们的请求。

“然而，繁子她们的目的，却是以此确认让她们一直难以释怀的新传说呀。”

“只剩下那些孩子被封闭在陌生的村子里，他们该是多么痛苦呀。当时，我为那些孩子感到担心。即便能够前往那里，也只是去看上一眼，无法为他们做任何好事……”

“被遗弃在那里的孩子们都很精神，你看到了这个情况，仅仅这些就已经很了不起了。”阿纱姑妈说道，“对于两个小女孩来说，这可就是力所能及的、真正的好事了。”

第十章　人生的计划

1

朔与阿新他们沿着古道进行林中探险，回来得很晚，明把从鼯叔叔那里取来的比萨饼热了热，整整一天都和男性小伙伴一起活动的朔，便狼吞虎咽般吃了起来。

明在想，这个暑假期间，朔儿由于一直与真木和自己待在“森林之家”，或许是感到憋屈了。

不可能以“三人组”的形式永远生活在一起……不过，我要守护真木和这个小组。

“又在沉思了？”朔询问道。

“关于‘人生的计划’，我在稍稍考虑。”明回答说。

“即便看到父母，我也会这么想，”朔将严肃的内容与开玩笑的部分如同彩色玻璃球一般混搅在了一处，“在我们家呀，思考人生这种工作，都是由女性来承担的。”

“从森林区域来的女性真了不起呀，甚至还体验了锥栗树的树洞。

“在合并之前，关于那个叫根城村的地方呀，我从阿新那里听说了许多。今天下午，我们就去了那里。

“阿新刚一说出村名，卡儿就奚落说那里是盗贼的老巢。我就说了，所谓根城，就是势力中心所在之城。也就是说，由于那是根据地，因此，即便被用于不好的意思，指的也是base camp[①]……

“阿新可是很佩服啊！”

看到朔充满自信的模样，明感到有些奇怪。父亲曾说过，遇到老旧词语时，不妨考虑一下与此对应的新词语是如何表

---

① 登山者的大本营和前进基地。

述的？外语又是如何表述的？看来，朔记住了父亲的这个要求。

“五百年前还是战国时代，这一带的小城主也在争夺势力，其中也有势力强大的城主，就在后来的根城村。如果看了地形，便会明白其强大的原因了。

“阿新想要保护那个居住人口越来越少的村子，因此，他又是割草，又是修整道路，开始了自己的志愿者活动。说是自己会‘暂且’去上大学，但将来还是要回到这里来工作。这可是‘人生的计划’呀！

“所以呀，就喜欢上 base camp 这个词语了。”

2

“阿新没问起吗？关于乘坐‘做梦人’时间装置去看了什么。”

“卡儿倒是问了能否前往‘最近的未来’。”

“为什么要去‘最近的未来’？”

“科幻电影里，不是有那样的内容吗？说是要去‘最近的未来’看看报纸的赛马栏目。为了根城的计划，卡儿想要挣上一笔巨款。

“阿新听见这话却生了气，说是‘咱们要非常踏实地建造实实在在的根据地’。”

“对于‘做梦人’时间装置这一说法，阿新感到讨厌？”

“我也有这种感觉。”朔说道，“今后，我说话时要慎重一些。”

“从根城来到这里的那位名叫繁子的年轻母亲，上中学时就从䶮叔叔那里听到了传说，进入到锥栗树的树洞，成为谣传中的主人公……”

“早先呀，这里一直认为，在深夜里，小孩子进入锥栗树的树洞并在里面睡觉，是非常危险的，不是一般孩子能干的事。这位繁子呀，当时大概也是从其他村子来的孩子。

“我们就是从东京来的，而且，‘三人组’里还有一位不一般的真木呢。”

真木一面听着 FM 节目，一面注意着明和朔的谈话，却什么也没说。

“……如果情况不是这样，在这么有意思的传说面前，是不可能不进入锥栗树的树洞里去看看的。”

3

明说起了繁子姐妹俩在锥栗树的树洞里睡着后看到的景象。令人惊异的是，朔竟然也知道那些被遗弃在根城的疏散儿童。

阿新和卡儿召集了一些伙伴，走访了根城中剩下的住户，帮助上了年岁的老人做一些必要的事情，然后，便请那些老爷爷和老奶奶讲述久远的往事以及战争时期发生的事情。

“就是繁子和她妹妹所说曾看到的、在白雪皑皑的分校里发生的事，”朔说，“在根城，下大雪的翌日清晨，他们在林子边缘捉了很多小鸟，还学习了用棕榈树的纤维搓制绳子的方法。至于说到年纪最小的孩子抱着野鸡，好像并不是那么一回事……”

“因为带着‘腊肉’。”真木有力地说道。

朔不禁愣了一下，随即毫不气馁地继续往下说：

“进入根城时，在悬架于深谷之上的桥上，我听说了那个最小的孩子的事情。

“疏散到这里来的，听说都是一些做了坏事被收容到教养院的孩子。不过，那个孩子是由于家里只剩下了他和哥哥，便随同疏散队伍来到了这里。在村里人外出期间，这孩子好像掉到水位已经升高的河里淹死了。

“回到村里的大人们大发脾气，说是少年们任意进入村里的房屋，找出人们收藏好的玉米和红薯……还偷……吃了。

“在根城，听说他们把在下了头场大雪后的翌日清晨捉到的小鸟放在篝火上烧烤，举办了祭祀活动。少年们还干了这个。当时，他们是为此才聚集在运动场上的吧。

“听说了这一切后，村长尤其怒火中烧。”

“为什么怒火中烧？对于一个村子而言，祭祀不是应有的活动吗？”

“阿新也是这样询问那位讲述这段往事的老奶奶的。得到的回答是‘村长说这真是狂妄至极！’”

真木尽管比较克制，却还是用力拍打了一下装有 CD 的木箱。

“讨厌的话语！”明也说道。

“少年们被重新关押起来，但是，听说淹死在河里的那个孩子的哥哥，进行了反抗后逃进了森林。

“不过呀，卡儿还听到另一种说法，那就是最小的孩子收养了在林子里发现的那条狗……也许正像真木所讲的那样，是‘腊肉’的祖先……他和那条狗一起，从锥栗树的树洞里前往别的世界去了。

“小孩子不可以进入到那么危险的地方游玩！说是后来村里还立下了这么一条戒律。”

真木像是陷入了忧虑之中。

“真木，我们也到根城去看看吧。”明说道，“或许可以让繁子多说一些那条狗的情况……”

4

“三人组”决定，在那一周之内，前往森林深处的根城地区。

繁子借宿在峡谷诊所里的妹妹的住处，今天要带着婴儿回家。阿纱姑妈原本就要用车送繁子回去，顺便让不善于长途行走的真木搭车前往。

明和朔则一路走过去。在林道上开车去只需要二十分钟，但要沿着阿新告知的古道行走，就需要三个小时了。两人计算过后，便按照需要的时间早早出发了。

“‘逃散’之后的第三年，被称为‘一揆’[①] 的农民暴动就从这个村子开始了。听说，铭助指挥的那一支队伍，就是沿着这条古道下山去的。”离开林道走上向阳的山道时，朔对心中没有底的明说道。

“铭助是根城人吧？”

“他策划了‘一揆’，刚开始出发时，队伍规模还很小，

① 一揆原为中文单词，意为“团结一致”，如范晔《后汉书・荀爽传》之“天地《六经》，其旨一揆”。古时传入日本后，被引申为团结起来以暴力反抗统治者，其后泛指日本农民对统治者的集体反抗，这种反抗通常因歉收或是穷苦大众无法忍受高利贷盘剥而爆发。

他便把出发的地点定在了根城。由此看来，铭助也具有 base camp 的想法。”

随后，明将话题转回到那些疏散儿童在战争将要结束时所经历的集体生活：

“我呀，实在不明白那位生气的村长所说的那句话。是‘狂妄至极’吧？”

朔从口袋里取出辞典（母亲对弟弟衣服上的口袋作了修改，以便能够装下两三册辞典），查阅该词条的日语语义，以及它在英语中对应什么单词。朔一面行走一面麻利地翻阅辞典，这是朔的做派。被露出了红土的道路表面的石头险些绊倒，这也是朔的做派。

“‘狂妄自大’，‘逞强’，还有英语的 impatient 和 cheek，好像都有‘狂妄自大’和‘厚颜无耻’的意思。是说小孩子干了原本应该由大人们做的非常重要的事，这才让大人生气的。”

“可大人们都从村子里逃了出去，这不是没办法吗？”明不禁发起火来，“朔儿，听了‘狂妄至极’这句话后，尽管并不了解其语义，真木还是觉得讨厌。人们为什么要造出这些讨厌的话语呢……”

“大概是用这些话语来定义讨厌的事物，以使自己得以远离吧。”

稍作思考之后，明佩服地说道：

“是这样呀，定义那些讨厌的事物，以使自己得以远离！”

5

在枝干苍劲的高大阔叶树之间走了很久之后，明和朔的眼前蓦然明亮起来，前面是一座堆积着木材的广场。那里也是林道的终点，不远的前方，便是樟叶覆盖着的山谷。

阿纱姑妈和真木已经站在停于桥头的汽车旁，繁子与前来迎接的那个男人正从车尾的行李箱卸下行李。

“现在我可知道真木为什么想搭车来了。”阿纱姑妈笑着说，“他好像是想听繁子讲述在分校看到的那条狗。”

“我不了解狗的品种，只知道那条狗从脑袋后面直到背脊都是一片近似红色的茶色。”听到繁子这么说，真木心满意足地点了点头。

把几个手提包放在以细绳固定的木质背架上之后，男人将其背了起来，然后接过婴儿，走上用钢缆吊挂着的桥面。

繁子站在前面，她现在成了引导大家游览根城的领队。当一行人走在长长吊桥的正中央时，繁子告诉大家，直到战争结束后的很长一段时期内，河面上还铺设着铁轨，无论是人还是货物，都用矿车往来过渡。

那一年，当村里人因惧怕传染病而举村外逃时，还在那铁轨上设置了路障，使得疏散到这里来的孩子们无法出逃……

“我可记得这桥建成时的情景。因为你们的爸爸呀，为纪念大桥建成而写的作文获得了奖品。”阿纱姑妈用爽朗的声音对因为繁子的话语而情绪低落的“三人组”说道。

“你们都知道你们爸爸在孩童时代曾买过《尼尔斯骑鹅历险记》，并入迷地阅读该书的往事吧？在那篇作文里，写到了格里敏古城堡里的黑家鼠和褐家鼠之间的战斗。

“你们爸爸写的那篇作文的内容是这样的——大桥刚刚建成之际，镇上的老鼠是否会借助大桥冲过河去，把根城的老鼠全都给干掉？那是一种担心……”

明和朔都笑了起来，唯有繁子近乎哀伤地静静说道：

“我的母亲经常说，这座桥建成了，生活也因此而容易了许多啊！

“山谷对面的林道越发漂亮了，可这里却始终无法将这座桥改造成可以通行汽车的桥，据说其原因是居住在本地的人越来越少了。但是，如果这桥改造成可以通行汽车的话，我认为，原先住在这里的人还是会搬回来的。”

这一次，是阿纱姑妈情绪低落了。

在走完桥面的尽头处，阿新和卡儿正站在那里。朔举起手来向对方致意。明紧张了起来，真木却径直走向阿新，向其表示歉意：

“我把石笛递了过去，我觉得自己做了坏事。你的头，怎么样了？”

“……还行吧，是我们先说了坏话……”

听了阿新的回答，明的心情随之愉快起来。对于一个智障之人，这种说法既不过分郑重，又不显得过于不庄重。卡儿的面庞也略微红了起来，作出一副在吹口哨的模样，将身子转向一旁。

阿纱姑妈刚要介绍这两个人，繁子便说道：

“他们是来向我丈夫的父母打听往事的，我知道。

“我知道这些孩子是来根城义务劳动的，同时调查战争期间发生的那些往事……我已经决定不再沉默。”

6

仍然是阔叶树，这一带却集中了各类树种，刚一走出明亮的树林，根城村便铺展在眼前。大多是草儿疯长的水田和旱田，也有一些精耕细作的旱田，还可以看到芭茅屋顶的农家。在一座用石墙围起来的庭院里，搬运繁子行李的那个男人正在招手。

平滑的黑石铺就的道路两侧，像是商店的房屋左右相连，只是房屋的所有玻璃门全都关上了，其门帘早已被阳光晒得褪去了颜色。所有地方都没有人气，却又是一座非常整洁的村子……

明意识到，阿新等人的志愿者活动，正是为了眼前的这一切。唯有孩子们能够如此投入地劳作，一如被遗弃在这里的疏散儿童们所举办的祭祀活动一般。两者都不是“狂妄至极”……

明以一种全新的心态打量着一同行走着的阿新和卡儿。

7

繁子领他们去的地方，是早已废弃的分校。从铺石路那里开始，水泥坡道以折扇形状一直往前延伸，到了上坡尽头处，却是一片种植着松、竹、梅的圆形树丛。

“我跟妹妹，就藏在这里，看着运动场。”繁子说。

运动场一片白色，非常干燥，不见一片垃圾。从正面看过去，是原本用白漆涂抹，现今已变为灰色的木质校舍。在其后方的高处，则是被旱田围拥着的农舍，与来时路上看到的农舍一模一样。

前院里有一座白色墙壁的建筑物。

“村里人刚一回来，就把疏散儿童关在了那座仓库里。”阿新说。

大家沉默下来，行走在阳光下的运动场上，由于暑热难当，便躲进了校舍的阴影处。明决定走上横排着的教室前的走廊里小憩。她看着环绕运动场的紫杉树篱和对面的家家户户，还有低矮小山上方那片晴朗的天空。如此寂静、漂亮的地方……如果覆盖上积雪，一定会更加静寂……

“我问了你们的母亲，说是你们正在制订计划？”阿纱姑妈向阿新询问道。

“到了冬天，我们也要在这里过上一个星期。”

“与其如此，我们几人也想进入锥栗树的树洞，来到在战争结束那一年下头场大雪那一天的这里，这样岂不是更好吗？”卡儿说，“可阿新的妈妈极力反对，我妈妈也是随声附和……”

“我可是赞成你们母亲的意见。”阿纱姑妈说，“如果想要了解没被一同带走的那些疏散儿童的真实感受，阿新的计划已经足够充分。至于想要知道疏散儿童的模样，繁子不是已经告诉我们了吗？”

8

阿纱姑妈讲了这番话后便停下来，接着又提起另一个话题：

“就连我呀，也经常在想，假如自己可以乘坐‘做梦人’时间装置的话……

“在战争结束那一年的夏天，广岛跟长崎分别落下了一颗原子弹。繁子提到了峡谷里的诊所，那诊所主人的儿子跟儿媳，就在广岛遇上了这原子弹。不过，被动员到工厂里义务劳动的孙女的情况却无人知晓。于是，诊所的老先生就亲自前往被烧成一片焦土的广岛去寻找孙女。

“说来也真是奇迹，老先生竟然找到了自己的孙女，用渔船送回四国来了。然而，那孩子全身都是灼伤，诊所里的药品不足以为她开展治疗。

“老先生就来到我家，请求我家老阿婆制作村子里自古传下来的灼伤药。于是，母亲跟我们几个孩子采来药草，阿婆将其放在锅里熬制。我的任务则是把制好的药物送到诊所去。

“有一天，我又去送药，那女孩子呀，穿着牵牛花图案的夏季单和服，从面部直到脖颈，还有双手，都包裹着绷带，坐在藤制的摇椅上。

“我只对她说了声‘你好’，那女孩儿便非常可爱地向我弯了一下包裹着绷带的脑袋……由于爆炸时她缠着防空头巾，所以原子弹爆炸时的热浪就被她躲了过去，但是核辐射造成的伤害，却使得她的头上没有一根头发……

“当天晚上，老先生偕同夫人一起来到我家，说是他家女孩儿喜欢我的声音，所以想请我到他家去朗读书籍。

“我从哥哥那里借来《尼尔斯骑鹅历险记》，开始出声地练习朗读。可是呀，有个借宿在我家隔壁的女教师，说‘这么重的方言口音，广岛的那位女学生会听不懂的’。

“第二天一大早，诊所的老先生就来接我去他家，然而，我却道歉着拒绝了。当时，我哭喊道：请忍耐一下，请忍耐一下！咱不会朗读。将来成了大人，咱就去当护士做护理工作。请忍耐一下！[①] ……”

9

“假如能从锥栗树的树洞回到那个夏日里的村子，我就

① 这段话语由阿纱模拟乡村女孩儿用当地方言说出。

想知道老先生是否把我所说的那些话，转告给了那个女孩儿……”

大家依然沉默不语。真木因阿纱姑妈用乡村女孩儿的声音所说的话语而感受到震撼，明则回想起无法帮助“逃散”的那些人时的绝望心情。

这时，似乎在凝视着运动场的朔问道：

“所谓诊所的老先生是否把话转告给了那个女孩儿，指的是阿纱姑妈想要当护士并做护理工作，是吧？

“如果阿纱姑妈没能成为护士，即便老先生这么说了，那也是‘无意义’的。可是，直至退休为止，阿纱姑妈一直作为护士从事着护理工作。

“老先生倘若予以转告，那当然最好。不过即便情况并非如此，我觉得阿纱姑妈也没有任何值得后悔的地方。

“父亲经常告诉我们，说是孩子拥有想象力。此前我一直在怀疑，仅仅凭空想象，又能有什么用呢？

“然而，在锥栗树的树洞里经历了不可思议的旅行之后，我转而在想，父亲所说的话语或许是有道理的……

“虽然还不能从科学角度进行解释，可真木也好，明儿也好，我也好，确实经历了相同的体验，这不正说明了孩子拥有想象力吗？

“我觉得，女孩儿也想象到了阿纱姑妈将会成为护士并从事护理工作。”

阿纱姑妈涨红着脸扭过脖颈，直勾勾地看着朔，然后隔着真木和明的肩头，拍打着朔的后脑勺，同时说道：

“‘暂且’算是听了朔儿的歪理吧。”

阿纱姑妈一步一步地走向运动场顶端附有镀锌薄铁皮屋顶的饮水台，摁下手压水泵的压杆，然后洗起脸来。

10

“还能出水呢！”明说道。

“因为，被我们修理过了。”阿新说，“大钟和音乐教室的管风琴，也都修理过了。”

真木对这句话产生了兴趣，于是，阿新和卡儿便将真木带到教员办公室隔壁那间不大的教室里，明和朔也跟着走进教室，在黑板旁边，放置着一台脚踏式管风琴。

真木按下管风琴的键盘来检验音质，卡儿则将臂肘支在地板上，用双手起劲儿地按着踏板。

真木确认了无法发音的键盘后，便避开故障键盘，缓慢地弹奏出旋律（明也知道，这是巴赫的曲子），接着配上和音，快速地反复弹奏起来。

“成了大人以后，也还到‘森林之家’来吗?”阿新问道。

“我觉得，朔儿会有自己需要做的工作。”明答道，稍作考虑便又说，“也许，我和真木可以搬过来。”

“峡谷的中学里没有为残疾同学服务的特殊班级，因此麣老师就向我们建议，由我们在这里设置特殊班级……假如你们来到了‘森林之家’，可以请真木帮忙……因为真木是音乐专家。”

正当明不知如何回答时，朔说道：

“‘人生的计划’呀，嗯，并不是需要急着决定的东西。”

第十一章　前往一百零三年之前的美国

1

从小时候起，明就佩服朔的另一个长处，那就是他能够削刮木件，或从塑料部件中选配出适用的部分，然后配制成富有个性的模型。

每逢这种时候，朔都会说起极为新奇的话语。在制作或使用某物件的过程中，他便会以此为线索，想起某句话来，按照自己的意思使用这句话语。

来到“森林之家”后也是如此。他在樟树下将落下的那些皮厚质轻的树皮收集起来，经过一些组合之后，便做出了轮船模型。浴缸里的试验表明，当从某个角度使其大幅度倾斜到一定程度时，轮船就会倾覆。可是，即便倾覆，轮船也会具有回复到原先状态的力量，朔将这个力量称为“复原力”。在对船身形状做了种种改良，使得“复原力”尽可能增大之后，朔便前往峡谷那条河边放流轮船模型。

这时，朔开口说道：

“我觉得，对人来说呀，这‘复原力’也是有大有小啊。”

在经由锥栗树的树洞去往一百二十年以前的峡谷之后，明一直没有恢复元气，可拥有强大“复原力”的弟弟，却已经开始考虑下次旅行时的时间和需要前往的地方了。

首先，朔向真木借来装有奶奶那些水彩画的纸箱，然后将图画全都铺陈在客厅里。

如果从中挑选出一幅图来，“三人组”将一同观看并前往被描画的地方和时间。不妨认为，其实并不是真的会到那个地方，只是三人都进入了相同的梦境而已。而且，“三人组”都知道，这两者其实是一回事。

在观看着奶奶水彩画的朔身旁，明决定也开始整理自己所喜欢的图画。

这时，照例在收听电台里的古典音乐节目的真木说道：

“在我独自前去锥栗树时，朔儿说的话里面，有一个字讲错了。”

真木是从 FM 节目表中挑出错印了文字（以作曲家的名字为例，比如把门德尔松[①]的名字 Mendelssohn 错印成了 Mendeslsohn，把塔雷加的名字 Tarrega[②] 错印成了 Tareruga）的名人。即便对于明和朔所说的话语，他也会独自认真考虑，并转换为正确的说法。

“本来，是说‘腊肉’也乘坐‘做梦人’的时间装置来了，却被误认为是‘做梦狗’了。”

朔现出被问住了的表情，明则为真木能够无所顾忌地使用梦这个词语而感到高兴。“做梦狗”的时间装置！

2

负责考虑从奶奶的水彩画中挑选下次旅途的目的地的，

---

① 雅各布·路德维希·费利克斯·门德尔松·巴托尔迪（Jakob Ludwig Felix Mendelssohn Bartholdy，1809—1847），德国犹太裔作曲家、乐团指挥，是德国浪漫乐派最具代表性的人物之一。

② 塔雷加（Tarrega，生卒年不详），西班牙吉他手。

是朔。明的计划也得到了讨论。因为，明选出的图画上的模特儿看上去挺有趣。

把晚餐的油炸肉饼送来后，阿纱姑妈对画中人物作了说明：

“女孩儿们身穿西洋风格的服装并戴着帽子，那已经是明治初期的事了。奶奶是以家里一本书中的照片为模特儿而描绘的，那书是以前传下来的。

“她们是日本第一次派出的女留学生，一共五人，都被送到了美国。我想，这是她们身着美国样式的服装后为了留作纪念而拍摄的照片。这个身穿白衣服、最小的女孩儿，也就八岁上下。

“奶奶很尊敬这个女孩儿，将其称为梅①。

“这可是留学回国后立即创建日本女子教育体制的人物。用爱称亲切地称呼这种了不起的人物，并不是奶奶的习惯。

“然而，在峡谷的家里，唯有梅才享有这种特殊待遇。奶奶的母亲的名字叫樱，而梅则是 ume② 的古时写法，樱这个名字就是由此而缘起的。

---

① 原著中此处的“梅”字以古日语中表述梅花的发音 mume 标注，源于中国吴语中梅的发音 me。

② 原著中此处的“梅”字以现代日语中表述梅花的发音 ume 标注，亦源于中国吴语中梅的发音 me。

“你们的外曾祖母，也就是樱，她的父亲可是个古怪之人，说是叫八三郎，虽然没有铭助那么大的名气，在这座森林里却也是一个有着传说的人物，他也是我们的祖先里，第一个去了东京（去的时候那里还叫江户，后来改称为东京时，他也就回来了）的人物。

“‘逃散’过后没几年工夫，‘一揆’爆发时，八三郎当时是村吏，理应站在镇压‘一揆’的一方。然而，那位八三郎却作为铭助的心腹（也就是最可依赖的部下），共同使得‘一揆’获得了成功。那就是庆应三年[①]年初爆发的大暴动。

“领导暴动的头领们被藩府派来的耳目给盯上了，所以铭助跟八三郎就离开了村子外出逃亡。然而，他们在途中却分了手，铭助再度回到了峡谷，而八三郎则去了江户[②]。他在江户进入一家种植苹果、葡萄以及所谓‘西洋蔬菜’的农场，就在那里工作，甚至还种过龙须菜呢。

“这是梅的父亲在东京开办的农场。自从江户被改称为东京之后，原先汇集在那里的武士们就都回到了各地，东京也因此空出许多土地来。

---

① 公元 1867 年。

② 东京的旧称。太田道灌于 1457 年在此构筑江户城，德川家康则于 1590 年在城内开设江户幕府，自此统治日本近三百年，直至江户城在 1868 年的明治维新中被更名为东京。

“八三郎有时也会陪伴前来农场游玩的梅。梅后来去了美国留学，这件事应该给八三郎留下了深刻印象。他后来回到森林里开办了自己的农场，为刚生下的女儿起了樱这个名字。

“他也曾对樱有过希望，然而，樱最终却没能出国留学，甚至没能进入梅创办的女子英语私塾。由于她是独生女，需要招婿上门以继承峡谷里的家业。

“话虽如此，八三郎跟妻子、上门女婿跟樱这四人，还是种植起了水果以及‘西洋蔬菜’，并提供给神户的大饭店。

“樱决心让自己的孩子接受高等级教育，就像梅那样。

“可是呀，在两个孩子里，她只能把男孩送到城市里去。这是因为苹果跟葡萄的收成不好，选用‘西洋蔬菜’的人又很少，因而生活比较困苦。

“男孩子去了海军士官学校，毕业航海时，在马耳他岛因突发结核病去世了。女孩儿后来跟哥哥的朋友结了婚，仍然生活在峡谷里。这个女孩儿，就是你们的奶奶。”

3

“终于，奶奶可以把你们的爸爸送到大学里去了。然而，作为妹妹的我，却因为家境不宽裕，就只能对那个来自广岛的女孩儿表示自己将来要去当护士，是在内心里这么说的……

“早在一百多年前，我们的祖先就一直梦想着家里的女孩儿能像梅那样出国留学。明儿，你是第一个能够实现这个梦想的人。”

4

还是小孩子时，阿纱姑妈和父亲曾就梅从美国写给亲属的信函询问过奶奶。

最初的信里是日语，不久之后就开始用英语写信。因为，梅的父亲也会英语。

明治初期用来写信的书面日语和十九世纪在美国通用的英语（相同的时间，两个不同“地方”的语言），被同一个少女分别用来写信，在阿纱姑妈来说，这件事本身就非常有趣。

“为什么能够写出如此不同的信函？”

小女一切皆安好，敬请放心！一如前日所报，已随众人居于华盛顿。

阿良君之眼疾并无好转之迹象，目前正于养息之中，难以执笔亲报，故代为报告之。

小女敬具

My dear Father

I am glad I have a very nice teacher. Her name is Miss Sarah F. Lagler. I am very sorry to leave her, for she teaches me to write letter. I am glad I have learned to write.①

“在战争期间，如果被发现阅读英语，那可就惹下大麻烦了！因此，只能在其他孩子都不在的地方，以阅读这信函为乐趣，然后这样记录下来。”

朔对这些话语产生了兴趣，他说道：

“介绍梅的书籍，姑妈现在还有吗？我想借过来，其他相关的英语文章，我也想复印下来。

“首先，我要请明儿对梅的情况进行整理，而我本人，则想调查她当时使用的是什么样的英语……‘总之’，书信用语与口语有所区别，倘若有人用刚才那种日语对我说话，我可就对他敬畏有加了。

① 此段英文大意为：亲爱的父亲：我很高兴有一个非常优秀的老师。她的名字叫萨拉·F. 洛格勒。很遗憾，她又离开了我，因为，她已经教会我写信。我很高兴我学会了书写信函。

“不过，若是说起英语，我觉得我们也能够对付。”

“我，擅长英语。”经常在电视里收看英语会话节目的真木也来了劲头。

对于前去会见第一个由日本去美国留学的女孩儿这个方案，明也渐渐积极起来。即便要去的地方没有“腊肉”，可真木对于使用英语肯定会感到某种乐趣……

5

当天下午和翌日上午，“森林之家”里只有真木用CD播放的音乐在静静回旋。无论是在各自的寝室中，还是来到客厅以后，明和朔都心无旁骛地整理着相关书籍以及复印资料。

午餐时，大家吃着请鼯叔叔送来的比萨饼，同时讨论着明业已阅读完毕的、少女梅在美国生活的资料。

“哎呀，朔儿，从八岁的梅到患上眼疾的那位十五岁的阿良姑娘，这五人小组真有意思。从横滨乘船出发之时，真可谓‘梳双环发髻穿长袖和服’！即便抵达旧金山之后，由于她们的装扮过于稀奇，负责照顾的人也没带她们去购买洋服……

“直到大家都对日本使团的大人物说明了这一状况之后，等到了芝加哥，才终于能够去买帽子和洋服。早在百年之前的日本女孩儿，是否应该更加因循守旧呀……”

“‘逃散’的那些女孩儿也很老实，可稍微年长一些的姑娘呀，就从明儿手里接过工作做了下去。”

“小女孩，把好用的石笛给了我。”真木也说道。

“是啊，一旦到了关键时刻，她们就会发挥作用。”明只能表示认可。

“到了那种关键时刻，想要说出自己的想法，她还是用英语表述得更准确一些。在梅写的作文里，我了解到了这个情况。

“梅能用英语讲述和写作，真是了不起呀！”

明反问道：

“不过呀，朔儿，为什么必须要用英语呢？”

朔又瞪起眼睛似的思考起来。然后，他开始补充刚才所说的话，希望能够更准确地传达自己的意思：

“爸爸不是经常躺在东京家里客厅的沙发上，看那些与现在的日本人似乎毫无关联的书吗？而且，还会不时大声喊叫着‘真有趣！’。

“有一次，别人都不在家，只有我在家陪爸爸时，就问‘那是什么内容？’。爸爸说，比起书中的内容，其写作方法倒是更有趣……也就是说，有趣是因为‘话语’新颖的缘故。

“而且，还说了一句格言似的话语——‘新人’是用‘新话语’制作出来的。

“现在，读了梅的书信和感想文，我的最大感受就是，想不到这样的内容竟然是用明治初期的古老日语写出来的。”

“那么，在现在这个时代，英语世界的那些人，就比用日语思考和写作的人优秀吗？”

朔再度瞪起了眼睛，然后说道：

“梅在用英语表述和写作的过程中，比起当时生活在日本的女人……甚至男人，她都算是‘新人’，难道不是这样吗？

“而且，她还试图以自己的方式来教育日本的女性。为了达到这个目的，她既教授英语，又普及作为‘新话语’的日语。

“因为，如果只有自己是‘新人’，那就无济于事。”

6

明认为，朔说的这番话语很有意思，却也有一些费解之处。不过，梅自八岁远渡美国，在此后的十年间，使用“新话语”说（听）、写（读），最终成为“新人”，这倒是一如朔之所言。

“梅在旅馆里很害怕黑人服务员，在剧场观看黑人合唱团的演出时，据说也很惧怕，怀疑黑人真是这个世界上的生物吗？……”

“因为在梅用英语写的文章里，就有 the negro minstrel①这么一段文字嘛，是由白人扮演黑人的小节目吧？”

“可是，如同黑人一般的装扮使得梅感到害怕，那也是事实吧？”明说，“几年之后，梅与照顾自己的那户人家的一对黑人夫妇用人曾详谈了一次，从内心对那对夫妇产生了敬意。当我读到梅写的这一段文字时，觉得非常喜欢。”

“并不是‘暂且’，而是已经完全成了‘新人’。”说这句话时，朔的眼睛已经不再瞪着。

真木从奶奶的水彩画中，取出梅与黑人老夫妇谈话的那幅图画来，是“在朗门家与用人夫妇交谈的梅”。

于是，“前往一百零三年前的美国某处”这个答案就定了下来。

7

“三人组”特地在锥栗树的树洞内躺了下来，却迟迟不

① 此句英文大意为：那假冒黑鬼歌手。

能沉入梦乡。在这三天里，大家一直在讨论，倘若真的见了梅，该与她说些什么？朔把答案翻译为英语，明将其仔细地誊写在卡片上，分给三人各自带上。

其中最为清晰的，是真木提出的问题：

“梅君，你弹奏什么曲子呀？”

明在书中发现梅在美国学习弹钢琴，便告诉了真木。

真木此时没有收听 FM 节目，而是小声朗读着卡片。在以往放置便携式收音机的枕边木台上，现在放着装有鼦叔叔烤制的比萨饼的提篮，这提篮被用纽带与真木的手腕连接起来。

明准备提关于“勇气”的问题：

“你是从日本前往美国留学的、最早也是最小的女孩儿。梅，你是怎么产生出那种‘勇气’的？”

而朔准备的问题，则是“今后，你打算升入人文学科（被译为 humanities）还是理科（在这里，该词语叫 science）？”

明也知道，对于弟弟而言，这可是非常重要的问题。朔决定选择理科的课程，但是，来到家里的每一位大人却都以为朔会选择文科课程。其中有人听了朔的回答后，甚至还会忠告朔“请选择文科”。

“你爸爸是作家，妈妈的父亲，也就是外祖父虽说是电影导演，却也是个写出了优秀随笔的人。”

希望从事生物学研究的朔便反驳道：为何不能学习与父亲和外祖父不同的专业？话虽这么说，可对于自己是否具有理科学生的能力，却也是心中无底。

梅来到美国以后，喜欢阅读诗歌和小说，可她在女子中学里却非常认真地学习了数学，在大学里则选择了生物学。知道这些情况之后，朔决定这样提出问题：

“倘若你选择理科课程，那么，这是出于什么理由呢？”

8

然而，在锥栗树树洞里重新思考这个问题时，朔却产生出新的担心：“如果呀，见到梅时，她还没有就选科问题作出决定的话，我的提问不就‘无意义’了吗？”

当朔这么说的时候，明非常理解朔的这种心情。

“如果梅反问‘我为什么要选理科’的话，那又该怎么办呢？我当然知道梅的未来，但我不能说出来呀。

“梅似乎是这样一种类型的人——如果觉得对方所说的

话语难以理解，就会追问到底，It is not right.[①] 好像是她所喜欢的话语。

“大致说来，倘若被问及‘三个日本孩子，怎么会来到这里？’这个问题时，不是不能说谎吗？可是，即便把真实情况告诉她，也还是会被说‘It is not right.’吧。”

9

熄灭油灯后，明还是无法入眠，她在思考问题。

较之于询问朔，梅或许会首先关注同为女孩子的自己吧？当“三人组”来到一百零三年以前美国的乔治城（按当时的称谓，应该是华盛顿郊外）朗门家时，个头不大却麻利、泼辣的梅正在攀爬院子里的樱花树（自己读到这一段时曾询问朔，樱花在美国应该比较罕见吧？可朔却回答说，因为树的果实可以食用，大概那应该是樱桃树吧）。

梅将腰肢凭依在树枝上吃着樱桃。我们沉默不语地仰视着她，于是浅黑色面孔的梅便噘起口唇，把樱桃的果核噗、噗地吐过来……

即便这样也行啊。明怀着这个可怜的希望，渐渐沉入了

---

① 此句英文大意为：那不对。

梦境。

10

真木提着装有比萨饼和（为了慎重起见而带上的）腊肉的竹篮，他的两侧分别站着朔和明。紧挨在三人右侧的，是涂抹着蓝色油漆的木质房屋。三人站在花坛和蔬菜田之间的略微有些距离的小道上。在他们的左前方，隔着一座长着野草的后院，便是高高的瓦顶房屋了。在其对面的公路出入口处，一串串白花在槐树苍翠而繁茂的绿叶丛中摇曳……

“三人组”之所以站立在原地不动，是因为他们听到了从那座房屋的一层紧挨这边的房间里传出的钢琴声。

聚精会神地听了一会儿之后，明踮起脚来对真木小声说道：

“是《少女的祈祷》，同阿纱姑妈家那个旧八音盒里的曲子一样。”

“是芭达捷芙斯卡[1]作的曲。女作曲家可真是不多见呀！”真木答道。

“那个人，真的在这个时代的美国吗？现在可是 1881

① 芭达捷芙斯卡（Tekla Badarzewska，1834—1861），波兰女作曲家，18 岁时创作了名曲《少女的祈祷》。

年。”朔问道。

“1834 年她出生于波兰，这是她十八岁时作的曲子。”

真木非常从容地这么说着，然后突然神色一变，随即伸长脑袋，想要看清楚是什么正在槐树下活动。然后他大声喊道：

“是‘腊肉’！”

那是一条与柴犬全然不同的、毛蓬蓬的大型犬。当然，它对真木的招呼没有任何反应。

钢琴声戛然而止。三人的身边也开始出现了变化。那座不大的房屋的门扉打开了，两个黑人来到涂着白漆的阳台上止住脚步，一动不动地望着这边。

那个身材高大的男人身着稀疏的方格条纹长袖衬衣，高至胸部的黑色长裤用吊带吊在肩上。女人比较肥胖，蓝色上衣的胸前和袖口镶着白色花边。

那个黑人妇女露出雪白的牙齿和眼白，用双手捂住了自己的嘴……

明觉得自己的心口好像被堵住了一般，难道我们仨就这么让她害怕吗？……

“真木，快说那句话！”明在那女人的惊叫声响起之前说，“快！”

“三人组”的身体凌空摇晃着，在打开的窗子里面的微暗中，明看见一个身材小巧的女孩儿伫立在窗前……

11

朔一面沿着通往“森林之家”的道路向山下走去，一面嘟嘟哝哝地说：

“真不明白去干了些什么？”

“我把提篮留在那里了。”

“是呀，真木，在那座阳台上呀，也许那三个人正品尝着比萨饼，用腊肉喂那条狗呢。”明说道，“听说梅曾对那黑人夫妇说起天神的传说……说不定呀，他们认为这就是神馈赠的礼物……”

为了不使自己与真木的谈话陷入混乱，明没有讲出她想到的另一件事。梅的一个伙伴，也就是照顾梅的那个家庭里经常与其一同游戏的少女，后来还来到日本，协助成年后的梅进行工作……

那人的名字，叫作培根①小姐。明在想，对于“三人组”来说，这也是一件颇有趣味而且不可思议的事情。

---

① 其英文名 bacon 与腊肉的英文单词 bacon 发音相同。

第十二章　来自铭助的召唤

1

父母亲去往国外，把孩子们留在家里生活的这段时间，明把书写“家里的日记”这个任务承担了下来。

至于日记的写法，就是用铅笔，将一日三餐的菜单、来客和邮件、外出、购物的清单等等填写在那个白色大日历上。此外，还有一项要目，那就是“真木的发作”。

自从十三岁那年夏天第一次发作癫痫以来，真木一直服用着三种药物。每两周一次，用医院开具的处方笺取来粉剂和片剂，再将其分类装入小塑料袋里，然后注上日期和早、中、晚的标记。这也是明和真木的工作。

在他人看来，真木发作的时间似乎比较长，可实际上失去意识的时间只在十来秒到一分钟之间。他的面庞通红，满是汗水，有一阵子似乎看不见东西，然后无法行走的时间还会更长一些。他似乎非常痛苦，然而，由于真木从不说起癫痫发作时的感受，所以人们无法了解那是怎样的一种痛苦。

在散步或乘坐电车[①]时如遇上发作，父母或明便会紧紧抱住真木。因为发作之后常伴有腹泻，所以必须加以注意。

在电车里站立着发作时，有人试图将座位让出来，可考虑到发作之后不能立即弯腰，因而就不能接受那让出来的座位。在只有明和真木两人乘坐电车时，也曾有人呵斥般地对紧抱着真木身体摇摇晃晃的明说：

“你，这样做可不行！怎么能拒绝接受别人的好意呢？”

来到“森林之家”进入第四周的那一天，明计算了一下“真木的发作”前兆的次数，只有五次。明高兴地发现，真

① 相当于中国运送乘客的轻轨列车。

木的健康处于良好状态，这也是留守在家里的“三人组”全体成员的自豪之处。

2

仍然是在看日历时注意到的事情——自从来到“森林之家”，虽然接二连三地进行了冒险，可绝大多数时候还是没出任何麻烦的宁静日子。

在这样的日子里，朔专注于自己的学习，明则除了家庭作业外，还必须准备一日三餐。于是，真木便渐渐独自外出散步了。

从“森林之家”出发，经由青冈栎树丛间的小径向上行至林道。在认真确认有无车辆经过（为此，真木的耳朵较之于眼睛更为可靠）后从此横穿而过，再进入古老的山道行走。走上不多一会儿，便来到整修林道专用的沙石采集场。

真木走到这里需要二十分钟，坐在分隔各块用地的围栏上再休息五分钟，下山的回程则需要走上十五分钟。

假如他出发四十分钟之后还没能回到青冈栎树丛，朔便会跑出去寻找。到目前为止，这种情况一次都不曾发生过。

然而，刚好是明查看日历那天的下午，过了预定时间之后，真木的身影仍然没有出现。朔随即跑上山去，明也紧随其后往上走去，就在她刚刚越过林道时，遇见朔正打量着真木手里拿着的一片布块儿，两人一面看着那布块儿一面往山下走来。

“好像是铭助的‘信’!”处于兴奋状态中的朔告诉明。

“是‘腊肉’叼来的。”真木说道。

“‘腊肉’来了？怎么来的？”

“因为有‘做梦狗’的时间装置嘛。”真木作了回答，却显得没什么精神。

“‘腊肉’还在顺着路往上跑……往‘千年老锥栗’那边去了。”朔说道。

明来到真木身边，探过头去，只见一片长方形布块儿上用墨汁画着标记——“小O”。

“是‘一揆’旗子上的标记，读作komaru[1]。”朔解释道。

3

明也记得那旗子上的标记，刚一回到“森林之家”，她便从奶奶的水彩画纸箱里找出“一揆”的图画观看。色彩凝

① 在日语中，“小”读作“ko”，而“O”则读作“maru”，合起来便是“komaru”，为“困难、为难、贫困、困苦”等语义。

重的河流，不计其数的农民聚集在弯曲的河滩上。脑袋如同豆粒一般大小的男人们，全都用一只手高举着“小 O”的小旗。

“‘三人组’即便去了这里，也起不了什么作用!”朔也像是没了精神。

“我对于人山人海的地方可没有信心。”真木说道。

明也有不放心的事情，她怀疑“腊肉”叼来的“信件”，是此前请阿纱姑妈备下、在医疗站清洗伤口的布块儿。假如从“逃散”到“一揆”，他们一直都在使用着当时的布块儿，不就违反时间装置的约定了吗？在那布块儿里，或许混纺进了化学纤维……

“尽管如此，”明仿佛要吞下这句话，却又继续说道，“铭助让‘腊肉’送来了信，不是写着‘为难’吗？‘三人组’总不能视而不见吧。”

明记得，在整理有关梅的所有图画时，曾看到一幅图的画面上没有出现森林和峡谷的景色。她将这幅图找出来细看，只见在一处像是剑道道场的处所，一个身穿和服的男子坐在那里……

屋内比较阴暗，画面最前方是结实的木棂，男子就坐在那木棂内里，因而无法看清更多的细节。不过，上次看图时没有注意到的是，这男子的左胸处缝着一片“小 O”的布块儿。

“这就是‘一揆’之后被投入藩府牢房的铭助君。在画面左侧边缘木棂的阴影处，不是有一行用铅笔写的字吗？是‘庆应三年、铭助狱中图’。”

“这不是人山人海的地方，我想去。”真木对朔说道。

4

在支撑着巨大屋顶的那根黑乎乎的房梁正下方，“三人组”站立在同样反映出黑色光晕的木板走廊上。他们的左侧是未铺地板、裸露着地面的房间，右侧则是二十五厘米见方的木棂。这木棂经组装后直达高处，与牢房的墙壁相连接。在木棂内的宽大空间里，只关押着一人，一个正将发黑的面孔抬起来往这边看的男人。

他随即站起身来走到木棂近旁，将目光直勾勾地转向真木，说话时仍然是铭助的声音：

“终究，到了你们那边哪，那条狗！”

铭助与“三人组”隔着木棂相互对视，他的口唇周围生出了细细的胡须，如同电视节目中武士的发型一般，脑袋正中也竖立着头发……

在那张没有血色、似乎小了一圈的面庞上，浮现出令人怀念的淘气鬼的微笑。

“从里面的木椟那里呀，能看到通向俺们在所[①]的街道哪。在街边繁密的樱花树下，狗一直站在那里哪。试着喊了一声，‘狗！’它就游过护城河跑过来了。俺们跟年轻武士谈话时，曾带着狗到城里来过哪。

“因此呀，俺们就想到……让狗去给俺们‘一揆’的伙伴送信。然后，也给把狗叫作‘腊肉’的你们送信！”

5

“‘腊肉’带来了一面旗子。”真木说道。

铭助点了点头，紧接着将面孔转向朔，他讲道：

“俺们把你给的西洋小刀藏起来了。”接着，他解开扎着头发的那块缀着漂亮小珠的布块（最初，明以为那是丝巾），从中取出瑞士产折叠小刀，在身穿和服的胸前示意着做出割开布块的动作。

明看着弟弟的脸说道：

“……啊，时间装置的约定该怎么办？”

① 乡下的老家。

朔却一派天真地高兴起来，甚至答道：

“又气派又宽敞的牢房呀！”

“宽敞也派不上什么用场，嗯，俺们一个人坐这牢房……你们来看到‘逃散’的那一年呀，有过一场叫作征讨长州的战争哪。藩府那些上了年岁的人呀，按照幕府[①]的要求一一照办了，不过，还是有人想知道受到进攻的长州藩方面是什么打算。

“那些人翻山越岭前去探听，俺们给他们领路哪，因此，就跟那些年轻武士认识了。不过呀，‘一揆’开始以后，由于是跟藩府的战争……这次俺们就被他们抓住，关在这里哪。”

6

接下去，铭助对明问道：

“在岩鼻上，第一次见面时，你们叫我铭助……是怎么知道的哪？”

“我们是在看了祖母的图画之后，才知道你叫铭助君。关于铭助君你发挥了哪些作用，还有着各种各样的传说呢。

---

① 日本中、近世从镰仓至江户时期，以征夷大将军为领袖的武家政权处理政务的政厅，亦指武家政权本身。

“祖母就生长在你所说的在所……也就是森林中的峡谷里。听说，她在和朋友游玩时，总是在绘制有关铭助君你的图画。”

“铭助你原本已经逃出藩府的势力范围以外，与你一同出逃的伙伴去了江户，可你却在得知人们没有正确传播发动‘一揆’的缘由之后，又折返了回来。”朔说，“随后，你出现在城下町众人云集之处进行演讲，说是‘人是三千年开放一次的优昙花[①]！’。

“听说，我的父亲呀，早在孩童时代，听了‘人是不可思议的、了不起的存在’的意思后，便喊叫着这句话做游戏。”

铭助笑了起来，满脸显得尽是皱纹。

“那朵优昙花就这样开放在牢房里呀，还生了病哪。”

朔仿佛下了决心似的问道：

“你的伙伴收到狗送去的信后，回了信吗？”

“好像跟看守俺们的年轻武士商定了，说好伙伴来看俺们的时候呀，那武士就装作没看见。

“就在刚才，你们来的时候，俺们还以为是伙伴来了。

---

① 古印度想象中的植物，据说三千年开放一次，以此喻示极为罕见之事物。

可他预定明天才来，怎么今天就来了……”

“‘一揆’的伙伴，想要把你从这里带出去，是吗？因为，只要躲藏一段时期，等到新时代来临，就又能够活跃起来了！”

铭助的脸上已经没有了笑意。明知道，即便如此，他并不是在讨厌朔所讲述的内容。

铭助深深吸了一口气，温和地，却也是坚韧地说道：

“你们把我的事情作为传说，或是故事或是描绘在画面上，那不正是活跃在未来那个新世界里的铭助吗？”

朔没能作出回答，面部表情因为难受而僵硬起来。

“……总之呀，俺们希望你们再来这里一趟。那次‘逃散’的时候，俺们就在想，你们一旦回到那一边后，还会再来这里至少待上一天吧？

“明天这个时候呀，俺们的伙伴会来到此处。俺们呀，想让那伙伴看看你们哪。”

7

朔依然沉默不语，于是真木和明郑重承诺，将再次来到这里至少一天。铭助并不顾忌陷入沉思的朔，他又对明问道：

“俺们呀，也从那传说中听说哪，能从‘千年老锥栗’

出发旅行的，只限于孩子，你们三人又都是孩子，因此才能够来到这里的吧?”

“在我们来到森林中的这段时间，父亲和母亲去了美国。”明说道。

“在你们的时代，父母跟孩子如此分开，难道不担心吗?”

“父亲在美国的大学里有工作。不过，如果情况仅仅如此的话，母亲还是会和我们一起留下来的……父亲，怎么说才好呢?现在……”

“因为爸爸遇上了危机。”真木说道。

原本在一旁默默倾听的朔，此时就“危机”这个说法作了说明：现在，父亲的状态确实不好，也就是危机。可是，我觉得这并不是疾病。如果眼前这种状态已经转化为疾病的话，无论什么工作，也都不能继续进行了，而且，也绝不可能出国旅行……

“尽管如此，他实际上已经处于非常忧郁的状态。爸爸的危机假如进一步加重的话，就必须去医院治疗了。我认为，父亲并不想那样。

“父亲此前也曾经历过危机，不过很快就康复了。这一次呀，由于比以往的感觉都要严重，就去了他所认识的一位心理学家供职的大学。”

明觉得有些不安，担心铭助能否听懂朔所说的这一番话语。话虽如此，听了朔对铭助倾诉的这些真诚的话语，明感到朔刚才为“三人组”做了必要的事。来到“森林之家”后，虽说阿纱姑妈和鼯叔叔那么热心地予以关照，可那也是无法对他们明说的秘密。从母亲那里尽管传过来一些事，但是……

朔刚一讲完，此前一直并膝跪坐在地板上的铭助，像是要让干瘦、单薄的背脊显出棱角似的深深躬身致礼。然后他说道：

“你们也生活在有着痛苦的世界上哪。……巡视的年轻武士就要过来了，请你们今天先回去，明天再来哪。”

刚才一直非常温顺的真木，这时好像是替代了父母，伸过两只值得依赖的手臂拥住了明和朔，向逐渐黯淡下来的木棂里面铭助那闪烁着光亮的眼睛点头回礼。

随后，明和朔听到了那句早已熟悉的话语。

8

刚刚从锥栗树的树洞里醒来，就嗅到强烈而潮湿的蘑菇气味。气温也很低，尽管挨着真木硕大的身体这个“暖气管”，脖子周围还是觉得冷飕飕的。四周一片雨水的响动，三个人撑起预先放置在树洞内的雨伞，沿着比晴朗日子里显得更为苍翠的林中道路往山下走去。“三人组”早已习惯在锥栗树的树洞里过夜，而且，现在与阿新和卡儿的关系也很亲密，再也不会因为中学生们的调皮而受到干扰。鼯叔叔虽然照例支起帐篷，却不用在里面过夜了。

尽管如此，为了慎重起见，还是从树洞门扉里面上了锁。

在横穿林道之处，朔抬头仰望着天空。在越野识途活动小组，他好像专门负责确认比赛前的天气。此时他说：

“今天夜晚会有暴风雨，可‘三人组’还是要前去。”

“因为我作了约定嘛。”真木也有力地说道。

明则提出了一直挂念着的问题：

“这是在听你们和铭助君谈话时想到的问题，难道朔儿准备打破时间装置的规则吗？”

朔一言不发地走着，一如昨天被铭助问及时却不作回答时一样。

于是，明用顶撞的语气再次问道：

“把那个规则教给我们的，可是朔儿你呀。”

“……与铭助交谈过后，我考虑了这个问题。在‘三人组’进行第一次冒险前，我所说的规则是，到了以往的世界后，如果发现将来会危害世界的坏家伙现在还弱小无力……届时不得干掉那个家伙。正好是上山来到这一带时说的那些话，不是还惹得真木生气了吗？”

真木注意着因雨水淋湿而滑溜的地面，同时注视着自己最近拨打过的草丛繁茂之处。

“我现在考虑的是另一个问题。在过去的世界里呀，某人曾面临着做或不做某件事的岔路口，不是这样吗？此后随着时间的流逝，现在的人就会听到相关的传说，说是那人当时选择了什么样的道路。

“倘若这一切都记录在古文献中，那就是历史上的事实。自古流传下来的传说，不就是这样被人们反复讲述的吗？可如果进一步探究，就会发现，在别的传说中，也可能提及该人曾选择过另一条道路……”

焦虑不安的明打断了朔的讲话，说道：

“下次乘坐‘做梦人’时间装置外出时，朔儿你打算对铭助君以及他的伙伴干些什么呢？”

“我可没有那个能力。”朔回答说。

明仿佛放下心来，又好像并不满足于这个回答，因而沉默下来。于是，朔对她说道：

“尽管如此，我觉得，还是能够带去比折叠小刀多少大上一些的工具……等他们使用过后，再带回来。”

“铭助君他们用来干什么的工具？”

“越狱吧？”真木说道。

不仅仅是明，就连朔也大吃一惊。明高高举起雨伞，把肩头靠上真木淋湿了的臂膀，然后问道：

“你是怎么知道这种词语的？”

真木沉默不语。明焦躁地继续说：

“我觉得还是不要让铭助君干那种事。朔儿……”

“三人组”走进了青冈栎树丛，真木仿佛将自己的雨伞扛了起来，随后避开明，绕到朔的身边去了。

朔与真木并肩走着，同时对明说道：

“就算我想要做出一些事，一些不同于自己所听到的传说内容的事，也是不可能因此而颠覆历史事实的。”

朔说话的声音一如悲痛的孩子发出的嘶哑嗓音，使得明再度为之震惊。

9

朔虽然陷入烦恼之中，可到了下午，却也没有因此而无所事事。此时已是风雨大作，如同清晨时分所说的那样。朔将雨具穿在身上，冒着风雨往鼯叔叔的小屋走去。他向鼯叔叔报告今天夜晚也要住在锥栗树的树洞里。朔担心，在暴风雨益发肆虐的深夜，倘若鼯叔叔巡视“森林之家”时发现“三人组”不在家，或许会引发骚乱。

鼯叔叔建议等暴风雨停息之后，再去乘坐“做梦人”时间装置，可他看到朔的态度非常坚决，也就没有询问今天夜晚必须前去的理由，便接受了“三人组”的计划。

这也是有条件的，那就是鼯叔叔在上山调查了锥栗树树洞和帐篷的状态后，说是今天夜晚自己也将前去陪伴。风雨越发狂暴起来，要在风雨交加之中完成这一切，可是一个艰难的工作。不过，鼯叔叔和参加工作的其他伙伴，都不是懒散和怕吃苦的人。

而且，朔甚至从鼯叔叔那里借来了装有锯子、钳子、凿子和其他器具的木工工具箱。明正在玄关为大家准备着雨具，看到朔背着用绳索挎在肩上的木箱，她在心里说道：

“是越狱！”

明继续思考着，觉得朔既然那么说了，他与铭助的伙伴此后相互协助要干的事，就一定不会颠覆历史事实。而越狱即便获得成功，那也还是合乎原本被遗忘掉的传说……

明打算问真木是如何知道越狱这个词语的，然而，真木虽然来到朔的木箱处放置了他那个装满石笛的袋子（从东京来到这里时，携带着的这个袋子里装的是游泳器具)，却并不与她的目光发生碰撞。

10

由于风力太强而不能打伞，“三人组”在各自的雨衣和防水帽外，又披上了鼯叔叔的同事的防雨斗篷。鼯叔叔用小型货车把大家一直送至林道深处，从那里走到锥栗树的树洞时，大家全都淋得湿透了。

朔换上了干衣，在其近旁，明也为真木更换了长裤和贴身内衣，然后以树洞内挂了一圈的湿衣当作帷幔，自己也换上了干燥的衬衣、夏令短袖运动衫以及斜纹短裤。

鼯叔叔把小型货车开回车库又折返回来，在树洞内边角处渗入雨水的地方放上了两个大铁皮桶。

他还关照说，今夜如果有什么情况的话，自己将会来这里查看，因此不要锁门。负责保管钥匙的真木认真地点了点头。

于是，如同淋湿的狗熊一般的鼯叔叔便独自返回帐篷去了。

熄灭煤油灯后，在一片黑暗中，整座森林猛然喧嚣起来。在风雨声里，被折断的树枝接连落下的声响持续不断。明将自己的手叠放在握住真木手掌的朔的手上。

11

“三人组”在蕴含雨意的劲风猛烈吹打木板套窗的声响中站住身子，虽然周遭一片黑暗，却还是可以看出正置身于牢房木棂前那宽敞的走廊里。

裸土房间另一侧板壁的高处，有一扇隔着结实木棂的纸窗，昨天光线就是从那里透进来的。现在，防雨套窗已被关上，唯有风雨之声从外面传进来。

当眼睛适应了环境之后，只见走廊深处的角落里，从木棂那边透过来一片光亮。

“到那边去看看。”

朔在肩头挎着装有木工工具的木箱，说了这么一句后便往那边走去，明则与手提石笛袋子的真木并肩跟随过去。

“母亲大人，请把纸灯笼往前面放放哪，俺们说过的那些‘童子’好像到了。”

铭助的声音传了过来，不过在风雨声响的干扰下，那声音显得微弱而嘶哑。只见木质骨架上糊着白纸的灯笼被点亮，连同高高的台座被移向木棂子。

铭助躺在单薄的被褥上，躯体本身也越发显得单薄了，他正竭力将枕在长方形大面包般木枕上的脑袋向“三人组”

这边抬起来。纸灯笼放置在铭助枕边，一位身着和服的妇女，正坐在木桶和放着布手巾的脸盆旁。

“三人组”将脑袋并排伸到照至走廊来的半圆形光亮之中，如此一来，既可看见铭助的面部，也能让铭助看见这边三人的脸。

由于铭助正与这边面对着面，因而可以看清他那有着尖尖鼻头的面庞，他缓慢地说道：

“先前吐了血哪。因为伙伴来了这里，精神就过于兴奋……那也是在你们到来之前……俺们早先都已经安排好的……

“所以就没有任何办法了……想要干的那事只好作罢……让伙伴用马把家母给拉到这里来了。还想请你们让家母好好地看一看……”

明看见朔把垂挂到膝头的木工工具箱往身体背后扯去，真木也将石笛袋子同样扯到了身后。

12

“这连风带雨的，一路上辛苦了！”铭助的母亲感谢道，她身着宽大的和服，将乌黑的头发高高束起，“姑娘，没淋着吧？”

“谢谢，大家都没淋着。”明说道，像是要把自己穿上的未来女孩子的服装显现在纸灯笼的光亮中一般。

“……我们离开村子时，电闪雷鸣的可厉害了。”铭助的母亲说，“我们在山顶上看到，那‘千年老锥栗’遭到雷劈，着火烧了起来。牵马的人讲呀，说是要大政奉还①什么的，这就是天翻地覆哪。”

“那锥栗树折断了吧？”朔热心地确认道。

“雷把它劈成了两半，说是其中一半烧了起来。”

“当剩下的另一半也折断之时，就是这个国家发生更大转变之日吧？”铭助用潮热的目光注视着朔，“当‘千年老锥栗’有着树洞的那一半树干也消失之时，会是发生什么事件的时候呢？”

明发现，朔的眼睛和铭助的眼睛像是在相互映照，各自发出炯炯光亮。

13

风雨声更激越了，大家沉默下来听着那风雨声。铭助的声音尽管很微弱，却用这微弱的声音说起了愉快的话题：

---

① 1867 年 10 月 14 日，江户幕府第十五代将军德川庆喜将权力归还朝廷，翌日得到批准，始自于镰仓幕府的武家政治至此退出历史舞台。

“母亲大人，这几个人呀，是从很远很远的未来世界中来到这里的‘童子’哪！不论大风、暴雨还是打雷，什么都伤害不到他们。

“而且呀，母亲大人，他们还非常清楚俺们的事呀，说是在俺们死后呀，会留下传说！喂，你们把那些情况对家母讲讲！”

真木和明都没能立即开口讲述。于是，朔便响应铭助的希望仔细述说起来。

明在一旁听着，同时觉得弟弟还是要比自己优秀。因为，朔在用通俗的话语告诉正听他讲述的铭助母亲，即便在远离现在的将来，孩子们都会把铭助作为非常勇敢和富有智慧的人物而感到自豪。

然而，在说到“一揆”之后，铭助返回城下町发表演讲的那段内容时，朔的声音背叛了主人。于是，铭助再度抬起他那细瘦的脖颈注视着朔，然后就开始了不间断的咳嗽。

“人是三千年开放一次的优昙花！”朔如同乌鸦嘶叫一般喊叫起来，然后便哇哇地痛哭失声。

母亲将铭助落在枕头外的脑袋重新扶回原处。真木站起身来，把手搭在木棂上，像是探视似的打量着铭助，将装有石笛的袋子递给了母亲。作为回礼，母亲则把铭助用颤抖的手递过来的东西转交给了真木。

“……‘三人组’回去吧!”真木用与此前全然不同的、非常慎重的声音说道。

在“做梦人”时间装置开始移动起来的那种感觉之中，明在想：

“接下去，母亲就要对铭助君说出那句话了——没关系，我还会再生出一个你来的。”

14

听到耳边传来的水滴声，明睁开睡眼，同时想起从朔的面颊上吧嗒吧嗒滴落在泛着黑色光晕的走廊上的眼泪。令人目眩的光亮从门上的采光窗洒进了洞内。

真木还在熟睡，他的枕边放置着朔使用已久的瑞士产折叠小刀，总是用来包装腊肉前往那一侧的纸袋，也鼓鼓囊囊地放在那里。

真木原以为或许会遇上“腊肉”……

朔的脸朝下俯伏着，一只手搭在木工工具箱上面。明觉得，哥哥和弟弟都很可怜。

那水滴的声响，是一颗颗水珠接连滴落在早已积满雨水的铁皮桶里发出的声音。明在已经濡湿的地板上穿好鞋子，便走出了树洞。让人感到夏天行将结束的阳光，洒在被大雨洗刷过的繁茂枝叶上。在锥栗树四周，带着浓绿树叶的树枝落了一地。

龉叔叔抱着昨天夜晚让“三人组”披上的防雨斗篷刚走出帐篷，就对明招呼道：

“夜里没淋湿，也没感到冷吧？”

“铁皮桶里的水已经滴满了，不过，留缝地板[①]上没有任何问题。”

“夜里已经好几次前去清空了那铁皮桶……钉在树洞上方的木板还是有问题呀。

“乘坐‘做梦人’时间装置进行的旅行怎么样了啊？”

“我想，朔儿会详细对你说的。”明说道。

将需要晾晒的东西铺开后，龉叔叔便回帐篷里去了。明意识到，龉叔叔在清理铁皮桶积水的时候，一定点亮了煤油灯。当时，正在“旅行之中”的我们三人是睡在被褥里的吗？还是那被褥只剩下了空壳？

明在想，等到自己不再是孩子时，一定要向龉叔叔问清楚此事。

① 多用于浴室地面，以便于通风和流水。

第十三章　阶段性报告

1

阿纱姑妈来到了“森林之家”，她像以往那样带来了礼物并准备在这里吃午饭。随后，就说起了那个风雨之夜的话题。她从䶮叔叔那里多少听说了一些情况。

“我知道你们……尤其是朔儿，正在与阿新跟卡儿他们交往，我并不认为你们只是一味热衷于‘做梦人’的时间装置。

“不过，我觉得你们这一次好像做过了头。朔儿，讲讲你们在请鼯叔叔给予帮助之前，为什么要在那个夜晚去锥栗树的树洞?”

然而，自从星期一早晨回来之后，朔就一直很少说话。明认为，这或许是由于他在为自己在前往另一侧期间哭泣而感到羞耻（也可能是他对自己生气）。

看到朔沉默不语，阿纱姑妈便转换了话题。其实，这也是她今天到这里来的真正目的。

“有一件事需要通知你们，这其中包括‘好事’跟‘坏事’，请你们认真听讲，那就是你们妈妈打来的国际长途电话说到了你们爸爸的情况以及秋后的安排。

“你们的爸爸，也就是我的哥哥，所以在这次讲话中我就这么称呼了。哥哥呀，用过去的老话讲，正因为melancholy①而苦恼，关于这一点，你们比我知道得更清楚吧？现在，这叫作 depletion② 或忧郁症……可是哥哥本身好像不认为这是疾病。

“在你们家里，把这叫作危机，是吧？到目前为止，哥

① 意为忧郁的、忧郁症等语义。
② 意为消耗、损耗和亏损。

哥已经几次从力竭状态中恢复过来。在这所谓的力竭之中呀，似乎就存在忧郁症这个问题。

“这次的危机比较麻烦，哥哥放下东京的工作，去了美国加利福尼亚州的加州大学伯克利分校，在那里协助研究日本文学的学者们工作，同时请心理学家朋友帮着出主意。我是这么听说的。

“下面，我就要说到那件‘好事’跟‘坏事’缠在一起的消息。

“我所说的‘好事’，就是哥哥听取了朋友的建议，决定服用相关药物。而‘坏事’，则是为了观察用药效果，据说哥哥要在伯克利再滞留一段时间。

“哥哥将一直留在美国，直至圣诞节跟元旦的休假。你们就算回到东京，也只能是‘三人组’一起生活。

“这就是‘好事’跟‘坏事’。用我喜欢的话语来表述，就是希望你们将其作为‘positive’① 而接受。”

2

“姑妈刚才所说的‘positive’具有积极的这一语义，可

① 意为积极的、正面的、有建设性的等。

是，”朔冷淡地应答道，“我却是将其作为实际的这个语义而接受的。反正这是他们在外面决定了的事，我们也没有办法。”

阿纱姑妈直勾勾地注视着朔，然后喘了一口气，继续说道：

“我也没有建议你们到家里来打国际长途电话，因为听说哥哥从不接听任何电话……

“服用药物后，他现在的精神状态像是好了一些，假如用传真机进行联系的话，我觉得还是可以交流的。我已经请峡谷里的电器铺子到我家来安装传真机。

“今天整个下午，请你们各自写好用传真机发送的信函，等那台传真机送到后，最先就发送这些信函。

“因为我已经对你们的妈妈说了在锥栗树树洞里的经历，你们不妨将其作为‘阶段性报告’来写。”

3

明抄写了原本打算在“家里的日记”中进行汇报的内容。由于并不清楚阿纱姑妈所说的“好事”对于父亲来说是否真的是“好事”，明在信函中便没有提及此事。关于直至年底都只能由“三人组”独自生活这件“坏事”，明表示自认为能够做到（在这么写的同时，她觉得自己从“森林之家”将近四周的生活中，多少产生了一些自信）。

真木是这么写的：

> 药物预先写上服用日期（早、中、晚），会很方便。“‘逃散’那里的女孩儿、给我送了石笛”。集中起来后，就有了可以吹出D小调曲子的音阶了。
>
> 石笛全部还回去了。因为，我今后将不再战斗。
>
> 铭助生了病，连自己亲手归还小刀的力气都没有了。

朔为“三人组”作了总结，不过，最主要的还是写了他自己的情况。

> 关于铭助在“逃散”中的活跃程度，我们在其近旁亲眼看到了。但是，这并不是说，假如我们不在现场的话，铭助就无法完成一些事情。
>
> 我原本想帮助被关押在牢房里的铭助，可实际上什么也没能做成。
>
> 明儿在“家里的日记”里写了我在牢房前哭泣一事。我一直在考虑，那究竟是怎么一回事儿呢？

a. 自己没能帮上铭助；

b. 从自己所生活的当下来说，铭助早已死去了。他在演讲中借用“优昙花”这首诗，表达了自己想要干的事，可结果却是无意义；

c. 自己生活在当下，开始考虑成为大人后将要干点儿什么，不过也许仍然会什么也做不成。

在“逃散”发生二百年之后的2064年，我也将成为耄耋老人（或者已经死去），这不就证明了生活在当下本身就是无意义的吗？

考虑了这一切之后，说起来有点儿孩子气，我就因为寂寞而哭了起来。

我们真的乘坐“做梦人”时间装置去往那一侧了吗？还是由于某种原因，只是“三人组”做了相同的梦而已？我也会有这样一种感觉。

在第一次造访铭助的牢房之前，我们曾经拥有去往别的时间、别的场所的“证据”。真木获得的石笛是个“正”的证据，这证据现在已经没有了。

我原以为留置在铭助那个世界的证据，则是“负面”的证据。但瑞士产折叠小刀也在锥栗树的树洞里被发现了。

4

阿纱姑妈送来了从伯克利发来的传真。

给明的回信，是妈妈写的，大意是告诉明，她对“森林之家”的生活状况表示赞许，然后又教了一些方法，告诉明在八月末回东京时，必须统计出阿纱姑妈和鼯叔叔支出的费用。明随即开始将“家里的日记”上的记录与家计簿进行对照。

在母亲那份传真的空白处，父亲也给明写了回信；

明儿“日记”的文体非常有趣。

有关与真木同去购买英语节目教科书以及在“逃散”之地开设医疗站的描述，是用相同的叙述方式持续进行的。如此说来，就连《鲁滨孙漂流记》，对于大冒险和家务部分不也是用这种方式写作的吗？

“三人组”乘坐“做梦人”时间装置前往彼侧期间，树洞里当时是否空无一人？你没有就此询问曾于当天夜里前去检查漏雨状况的鼯叔叔。我认为，这种慎重态度是至为周到的。

我之所以对“三人组”所进行的冒险不很担心，也是因为你是“三人组”的一员。

给真木的回信是这么写的：

谢谢你告知药物的服用方法。其实，已经出现过两次混乱的情况，不知道是否已经服用当天的药物。

真木用石笛进行战斗一事，已从真儿的传真中得知。我赞成今后将不再战斗。不过，如果留下一两个石笛就好了！可以用来吹奏《毕业》开首部分的re什么的……

铭助把朔的小刀还给了你，此事你还没有直接告诉朔儿吧？从朔儿很小的时候开始，你就很在意他的“自豪”，你就是这样一位老大哥。

5

最长的那份传真是写给朔的，明并不打算要求朔让自己阅览那份传真。因为，其中好像提到了朔的“个人问题”。

真木读了发给自己的传真后，随即就让明看了，然后便将其揣在自己的裤子口袋里。或许，这是因为他也觉察到其中提到了朔的“个人问题”？

然而，朔还是一副淡漠的神情，在把发给自己的传真递给明后，便出门慢跑锻炼去了。

在朔儿的传真里，首先让我产生极大兴趣的，是那两幅可以俯瞰森林和峡谷的图画。阿纱说，在她购入传真装置、与你们打了招呼之后，你很快就画好并传了过来，可面对如此出色的作品，我还是感到非常惊讶。我了解到，明的“家里的日记”中的相关场面，可是她花费数日才写出来的。

还有一点也让我感到非常惊讶，那就是较之于现在的画，想到百年前图画中的森林和峡谷，我不禁感叹：“这就是曾经养育了我的地方啊！”

这一阵子，我经常睡着后在半夜里醒来，我为此感到非常苦恼，可昨天夜晚在床上看了“逃散”发生那年村子里的图画之后，便一直熟睡到了大天亮。这是“好事”。

从高处被雷电劈成两半的那株“千年老锥栗”剩下的那半边树干是在战争结束那一年的秋天被台风刮倒的。当时我十岁。今天早晨，我躺在床上回想起了自己那时的生活。这是“坏事”。

之所以这么说，是因为每天早晨如此愁眉不展地后悔，就是危机的症状之一。

刚刚战败之后的村子，没有吃的食物，也没有新的书，还被外国军队所占领。尽管处于那样一种时期，可自己却拥有多么生气勃勃的内心和身体啊！

今天清晨也是如此，一睡醒就回想起了那段往事。接着，很快又坠落到一种郁暗的心情之中，认为现在的自己没有了那种内心和身体……

现在，之所以写下这封传真信函，是因为按照真木的嘱咐，我服用了分成小份的药物中今天早晨该吃的那一份，感到多少有些好转的缘故。

6

关于你的第三页传真，说的是前往过去的时间和场所，将历史上业已发生的事件，作为现在实际发生的事件予以现场见证……

说起驱动这种想象力的话题，此前不也是一直都存在着的吗？最终还会成为故事、小说、戏剧和电影。

如同大多数人那样，无论在孩童时代，还是成为大人之后，我都没有实际经历过这一切。但是，却比谁都更多地进行了想象。

即便成为大人之后的现在（比如说，今天早晨也是如此），我也在考虑着这么一件事：当“千年老锥栗”倾倒的消息传到了国民学校来的时候，精力充沛的朋友随即就往森林里去了……现在我就在想象，当时，自己也到那森林里去了。

而且，我已经开始后悔自己没能养成亲赴现场的习惯，我认为这是作为小说家的一个弱点。

我相信那份报告，有关“三人组”夜晚睡在锥栗树的树洞中（就连这一点，也是实际上难以做到的事情），并乘坐“做梦人”时间装置的报告，如同真木在传真中所说的那样。

我了解到，“三人组”无与伦比的想象力（因为，即便是三人做了同样的梦，作为梦的想象力也是非常活跃的）在生动地发挥着作用。

“三人组”无论是往来于一百二十年之前的时间和空间，还是仅仅进行了梦境中的旅行，在这个夏季，你们从中得到的东西，都将成为极为珍贵的终身财富。

那么，朔儿，即便再度现场见证了历史上早有定论的事件，你认为结果仍然是“无意义”的。这正确吗？

更进一步说，这也正是我想询问你的核心问题。你认为进入过去的时间和场所，在那里想要做点儿什么是“无意义”的，从而认为在现在的现实之中，想要做和正在做的一切，也因此而都是“无意义”的。作为文章，这正确吗？

总之，现在的你与其空想成为耄耋老人后的自己，不如改而关注现在当下的、由你的内心和身体构成的孩子，认识到唯有如此才是真正的自己，这难道不很自然吗？

……我觉得，在回答“三人组”的传真之时，也是对自己的危机作了一个坦率的“阶段性报告”。

7

鼯叔叔为无精打采的朔召开了一场鼓励会。按照计划，首先是阿新和卡儿以及“三人组”同去峡谷里的河流里游泳。然后，鼯叔叔带着比萨饼和“千年老锥栗”的“涌出之水”加入进来，随后，大家再一起交谈。

从水泥桥处溯流而行，在不远的上游处有一块岩石，形似两辆互相叠垒的公共汽车。湍急的水流不断冲击那里，形成一个深深的水潭，五人就在这里开始游泳。

与做其他事情一样，真木的游泳姿势也是与众不同。他从水潭上游一侧边缘的浅水处往深水区前行，待身体漂浮起来后，便将面孔埋入水中，任由水流将其向前方冲去……当感觉呼吸困难时，他就抬起头来，此时早已远离那水潭，到了可以脚踏河底的浅水区。

明跟随在真木身边，发现他之所以能够很好地将身体漂浮在水面上，是因为他在准确估计了河水的深度后，可以恰到好处地踏到水底的地面。而且，在河面上进行漂浮期间，他也能出色地保持身体的平衡。

朔也模仿了真木的做法，随之将其改造为富有个性的方式。他把两条手臂贴在身体两侧，开始用蛙泳游至岩石的边际，然后很自然地转身顺流漂下。

“这是新式的蛙泳，”卡儿佩服地说道，“这不划动手臂的方式呀，较之于常见的蛙泳更像是青蛙!”

明更擅长于自由泳，当真木开始漂流后，她抢先游到真木能够踏到水底的处所等待着，然后与真木挽着手臂走上河滩，把真木护送到出发点后，再度以自由泳抢先游到终点。

阿新和卡儿则一直潜至水潭的水底，像是在那里观看藏身于岩石之下的石斑鱼鱼群。

过了一阵子，明对阿新问道：

“在这河水里游泳的，怎么只有我们几个人？”

“大家都在学校的游泳池里游泳，要不然就在家里玩电子游戏。”阿新回答道。

8

爬到岩石公共汽车的顶上吃点心时，鼯叔叔问道：

“卡儿，听说你被县厅来的人从暑假演讲会上赶了出去，是吗？”

“我只是回答了‘那么，你们打算干些什么？’这个提问而已。”卡儿丝毫不想提及内容。

明在想，这是因为被赶了出来而生气吧。

倒是阿新代他说道：

“是题为‘这座峡谷，未来会成为什么模样？’的演讲。县厅来的人是农业专家，讲述了西红柿的最新栽培方法。岩鼻被炸掉后，那里不是成了一条细长的空地吗？他们说是计划把那块地整个儿建成温室农场。

“听说要在最低洼的地方，也就是此前作为旱田的地面上，只栽种一株西红柿，使其主茎一直达到以前岩鼻的高度，那株西红柿的主茎就会结出一万三千颗果实，把巨大的温室都给挂满。

“按照划分出的细长小块逐块儿收获，然后利用其高度，沿着导管输送到等在峡谷里的卡车上，就此直接出货……

“等到他们说完之后，我就提出了‘那么，你们打算干些什么？’这个问题。于是，中学生们便围绕‘自己打算干些什么’在纸上描绘答案。

“在绘画之前，还要求一些孩子用语言进行说明。”

“卡儿说了什么？”

卡儿被鼯叔叔再度问起这个问题，却表现出不感兴趣的神色。明认为，尽管如此，卡儿应该是在等着露一手吧。现在，朔也显得兴致勃勃。

“我回答说，要扛着木工的工具箱前去。”卡儿说，“我打算用锯子锯断那株可以收获一万三千颗果实的西红柿主茎！我家里可是种植西红柿的农家哪。”

大家都笑了起来，尤其朔似乎最愉快。

明觉得，朔已经对阿新和卡儿讲了此前的旅行。大概是由于朔带去了木工工具，铭助却没有越狱，朔因此而感到遗憾，这才对他们说起此事的吧……

体察到那种心情后，卡儿为了引出锯子的话题，便特地在听演讲时出言不逊，让人赶了出来。

这就如同我在岩鼻上消沉之际，真木为了说起“赈灾饭”这句他认为有趣的话语，故意用分配巧克力提起话头……

明觉得正在爽朗笑着的卡儿与自己此前的归类并不相符，“他是一个有趣的人！”

“虽然我在画那幅画前就被驱赶出来，可听说还是有三人在‘这座峡谷，未来会成为什么模样？’的画面上，画上了扛着锯子的男人哪。

“回去的路上，顺路到中学的礼堂，看看去！”

9

“如此说来，‘三人组’为什么不经由锥栗树的树洞前往未来？”龅叔叔说道。

“是呀，明明拥有可以指望的手段，却……”卡儿也说道。

朔毫无笑意地回答道：

“前往过去见到了铭助，那人明明处于困境，我却无法提供任何帮助。那可是很痛苦的呀。下次……”

阿新打断了朔的话，说道：

“不过，你看到了铭助就算处于困境之中，也还是那么不改初衷的姿态！”

“……下次去往未来，如果发现自己生活在现在是‘无意义’的，那可就更痛苦了。”朔说完这番话后，便瞪着水潭的深处。

虽然朔无视自己所讲的话，阿新仍然毫不气馁，他接着说道：

“朔儿，此前你就一直认为那种事是‘无意义’的。

“过去是已经发生了的事，所以无法改变。话虽如此，回到过去一看呀，就更深入地理解了铭助这个人，这就不是‘无意义’的了，对于现在的我们来说……

“未来则是尚未确定的事物，可以通过生活在现在的人们的所作所为，使其具有无数可能性。难道不是这样吗？

“河流不是一直流淌到这里来了吗？那就暂且把这里作为现在。小河在流到这里来之前还在上游的时候就是过去，已经无法改变。可是呀，将要从这里流下去的小河下游，是可以改变的。

“譬如说，如果把这里建成水库的话，情况又将如何呢？

对现在的这里所进行的建设，不就相应地改变了未来吗？

“乘坐‘做梦人’时间装置，去观看未来的世界，假如那里令人厌恶的话，就回到现在这个时代来，为了选择一个并非那样的未来，我们总可以做点儿什么。尚未发生的未来，不可能从现在起就被决定了的。”

“正因为这样，才是‘无意义’的呀。不管现在如何生活，只要未来已被确定……”

朔用昂扬的声音说道。在这四天里，明还是第一次看见弟弟如此亢奋。

“阿新的头脑过于聪明了，说的我都不懂！”

卡儿说了这话后，想要把阿新从岩石上推下去，不料阿新猛一闪肩，卡儿自己便往那墨绿色的深潭坠落下去。

第十四章　在未来较长逗留

1

吃完点心，又说了一会儿话，再度下水凉快了身体的“三人组”和阿新、卡儿，还有在车上小憩了一阵子的鼯叔叔，便前往中学观看那里的画展。

“都是些相同的构思。”明批评道。

鼯叔叔为当地中学生辩护说：

“大家都听了题为‘这座峡谷，未来会成为什么模样?’的讲演，学生们被事先施加影响并形成了思维定式，又被问及‘那么，你们打算干些什么?’，就都画出了这样的图画。”

“由自己来改变外界影响所造成的思维定式，正是想象力的作用……”

针对朔刚说了一半的话语，卡儿抱怨道：

“又出现了一个尽说些令人费解的问题的人，头疼呀!”说完他便装模作样地闭上了嘴。

“我可听懂了朔儿想要表达的意思。”阿新劝道，“毋宁说，这不正是卡儿经常做的事吗?”

在挖去岩鼻后留下的洼陷处，建造起一座形似陡急台阶的发射架。从竖立在发射架上的那枚细长的宇宙火箭的圆形窗口处，显露出像是感到不安的孩子的面庞。对于画出这幅画的女中学生，明有认同之感。

卡儿从挂在那里的画作中挑出三幅，调整顺序后放在自己的面前。仍然是沿着森林中洼陷处修建起来的、像阶梯一样覆盖住地面的温室。画中的孩子正锯着在低处可见的西红柿根茎。

“手持锯子的孩子，全都穿着相同标记的 T 恤衫，莫非，卡儿是他们的原型?”

明之所以如此询问，是因为游泳过后的卡儿换上的那件T恤衫，也印着同样的黑色标记——1864-2064。

“这个T恤衫呀，是‘逃散’二百周年活动小组制作的。”卡儿得意地说，“铭助要是听说自己被未来的孩子所怀念，一定会感到非常高兴。是这样吧？因此我们就创建了活动小组，在镇上的超市里订制了这些T恤衫。

“尺寸和标记的颜色也是各不相同。只要去订货，超市很快就会制作出来，而且，超过二十件的部分还可以打折呢。”

“我们也要三件，拜托了。”明说道，“不过，阿新你不太喜欢这种孩子气的事物吧？”

“活动小组也罢，标记也罢，那都是阿新的意思呀，我可没做任何改动。”卡儿说，“因为我没有想象力。”

2

“阿新和卡儿就是未来那个时间段的象征，那是‘逃散’二百年之后吧，‘三人组’也到那里去看看吧。”在“森林之家”用过晚餐后，朔提议道，“真木，我们与铭助第一次邂逅时，他不是带着‘腊肉’那条狗吗？那是过去的时间，

1864 年。

“这一次呀，我建议到 2064 年的这片森林中去吧，到距离我们所生活的这个时代非常遥远的未来……”

真木戏剧般的反应表明他对此感到非常新奇，他说：

“是 2064 年吗？太棒了！因为，那是理查德·施特劳斯①二百周年诞辰呀。电台节目大概会转播全世界的各种纪念活动吧！”

然后，像平日里遇到这种情况时那样，真木转身寻找理查德·施特劳斯的 CD 去了。在此期间，朔对明详细地讲述了自己的考虑：

“在明儿和真木乘坐鼯叔叔的车子回来以后呀，我与阿新和卡儿又谈了一会儿。

“卡儿先前不是讲了‘逃散’二百年之后的事情吗？咱是天生的无忧无虑之人，咱就在想啊，到了那时候，咱或许已经死去，又或许早已成为耄耋老人。

“爸爸呀，也曾经说过我很可怜，好像这种性格是从他身上遗传到我这里来的。

“然而，还是爸爸，最近却说，‘现在的你与其空想成为

① 理查德·施特劳斯（Richard Strauss，1864—1949），德国作曲家，其代表作为叙事性交响诗《查拉图斯特拉如是说》等。

耄耋老人后的自己，不如改而关注现在当下的、由你的内心和身体构成的孩子’。

“而且阿新也说了，如果我去了未来的世界，发现那里令人厌恶的话，不妨回到现在这个时代，以便创造出一个并非那样的未来。

“实际上呀，阿新已经准备在这片土地上按照他们自己的想法去干了。

“在传说中，说是铭助可以转世投胎，我们不是曾在奶奶那里听过这种说法吗？我呀，觉得阿新该不会就是铭助转世投胎来的吧？”

“我也是这么想的！”明应声道，“也不知从什么时候起，我就觉得阿新与铭助君相似。

“当时呀，只是觉得看上去感觉比较相似，可现在我从内心里觉得他们相似。”

“就连卡儿也是，虽然个性不同，可他也像是铭助的转世投胎。

“这个卡儿要在今晚召集‘逃散’二百周年活动小组的成员，说是要重新描绘八十年后的世界。

“这一次，我们也去那里吧。”

这时，真木拿着理查德·施特劳斯的 CD 走了进来。

“我确实很想听听这张 CD，但现在有点儿急事要外出。”朔抱歉地说道，“到目前为止，我们一直在奶奶那些画的指引下前往过去，这一次呀，要把阿新和卡儿他们的画借过来。‘三人组’一起观看那些画，然后就前往未来！

“暑假就要结束了，乘坐‘做梦人’时间装置，也许是最后一次了。”

目送朔跑进青冈栎树丛后，真木说道：

“真遗憾，理查德·施特劳斯的曲子需要十多分钟才能听完。”说完后，真木开始播放《查拉图斯特拉如是说》的开头部分，响彻客厅的音乐远比他独自倾听时要大得多。

3

出发那晚，与此前进入锥栗树树洞的夜晚颇有不同。

白天还比较炎热，可一到傍晚便能感到阵阵凉意，“三人组”穿着上衣或毛衣躺了下来。另外，大家把请鼯叔叔烤制的比萨饼和装有汲来的“涌出之水”的水筒，分别放置在小背包和提篮里。

这是因为，朔说是要多花些时间看看这座峡谷未来的情形。他打算仔细观看，以便返回后与阿新和卡儿商量，如何把未来改造成没有令人厌恶之处的美好世界。

“如果呀，要在那边过上一夜的话，就造访阿新和卡儿的家并在那里过夜吧。他们的儿子或是女儿也许听说过‘三人组’的事情。”

“倒不如说，阿新和卡儿那时还活着吧？”明说道，“阿新和卡儿，都不会成为耄耋老人的。因为，那是他们和‘逃散’二百周年活动小组的成员创造的世界，所以，我认为不会是一个令人厌恶的未来。”

“即便是我们‘三人组’，也是可以为此提供一些帮助的。”朔说，“我可不认为如同‘逃散’二百周年活动小组所描绘的那样，空中城市飘浮在森林之上，与峡谷之间通过滚动电梯相连接。”

一直注视着那幅大尺寸图画的真木询问道：

“我们要到这幅画中的哪里去呢？”

“这里的各种设施这么多，必须要考虑到着陆时的‘安全’。”明担心地说道。

“就在‘千年老锥栗’前面着陆吧。估计森林里还是老样子。”

朔的提案最终得到采用。明刚一熄灭煤油灯，树洞周围便立即传来各种各样的虫鸣。

4

“原本是打算去往未来的，难道回到了过去吗?”走在前面的朔用惊恐的声音说道，“而且，还到了森林的废墟里!”

明环视着周围，不禁也是目瞪口呆。眼前尽是直径五至六米、形似大锅一般的洼坑，烧焦了的原木树根散落于四处。不过，右侧深处倒是有一块看着眼熟的大岩石，“涌出之水”正一滴滴地从中滴落。

“老锥栗树虽然不在了，可地点就是这里。”明说道。

从倒下的树干业已腐朽的地方，笔直地生长出一株小锥栗树，这小锥栗树已经长得很高，遮住了阳光。“三人组”站在它繁茂的枝叶下面，或是身背或是手提自己的随身行李。

“终于到了未来。”朔大口喘着气，“老锥栗树要么是再度遭遇雷击，要么是因为完全干枯而被烧掉了吧。

“最初遭到雷击，还是铭助的母亲到牢房里来看望他那一天的事，说是树干被雷电劈为两半，其中一半在熊熊燃烧。据牵马的人说，当时正赶上大政奉还的乱世，世界将要发生天翻地覆的变化……

“当时，铭助就像预言家似的说，剩下的那半边树干如果折断，便是发生更大动乱的时候了。

“爸爸在发给我的传真上，写到自己是在上课时听说老锥栗树的树干倒下这个消息的。所以呀，我认为那应该是战败那一年的往事。”

“铭助君不是还说吗，如果连残留着‘千年老锥栗’树洞的那截树干也消失的话，那就该是发生惊天巨变的时候了。这话真像是在占卜未来。巨变现在已经发生了……”

朔好像瞪着眼睛似的注视着烧焦了的洼坑。这情景过于悲哀了，明为刚才所说的话语感到懊悔。

5

然而，唯有真木劲头十足地从卸在草地上的小背包里取出了纸包。明发现，在幽暗的树丛间的道路上，一条刚成年的柴犬正往这边奔来。那条狗眼看就要撞上正蹲着的真木，随即将它那红褐色的脑袋使劲儿蹭了上来。真木站起身子，突然将一块腊肉扔到摆好姿势仰视着的柴犬面前。

“真是‘腊肉’！”眼见着精神起来的朔也说道，“所发生的并不全是坏事嘛。必须毫不畏惧地彻底调查！”

朔用力重新系好帆布鞋鞋带，真木和明也都整理好了行装。“腊肉”来的道路，是“三人组”此前业已熟悉的、蜿蜒而下的林道，大家沿着这条道路开始前行，只见两侧的树木黑黢黢的，比以前高大了许多，觉得那道路也因此而变窄了。

明在想，如果没有“腊肉”在前面引路，自己该会多么心虚呀。不过，当沿着林道走到尽头时，一条柏油马路出现在了眼前。明说道：

“人们难道不再使用这条森林中的道路了吗？”

越过林道通往“森林之家”的那个下山路口，堆积着旧木材以及柏油铺装工程曾使用过的板料，上面爬满了蔓草。

“我也是那么想的，”朔说，“林道虽然还在使用，但是‘森林之家’以及鼯叔叔的小屋却没人住了。”

6

“三人组”沿着林道往峡谷方向下行而去，原先位于前面的“腊肉”，在让“三人组”超越过去的同时，面向后方吠叫不止。

明转身望去，吃惊地发现一辆机动车径直驶到了身边。这台新式装备像是集拖拉机和拖车的牵引车于一身的车辆，但是非常陈旧。

驾驶室的窗子被打开了，身穿工作服、面色浅黑的男子探出了面孔。

“三人组”和“腊肉”都从柏油已经崩裂的道路边缘退到长满野草的斜坡上，那人将车子停在他们身旁，然后俯视着“三人组”，用沉稳的声音招呼道：

“你们，是迷路了吗？”

“我想，我们并没有迷路。”朔慎重地回答说。

“那么，是到我们的开拓者聚集区来的吗？”

“不……”

“你们想要去哪里？”

朔瞪着眼睛斟酌话语：

“我们是想看看峡谷里的模样……刚才，你说到了开拓者聚集区域，是在由此一直深入进去、叫作根城那地方吗？”

“虽然还是孩子，知道得可真不少啊！”男子说道，“你们是当地移居海外那些人的子女？或者是孙辈？是因为县里的寻根访问项目而来到这里的吗？

“在这峡谷里呀，如果遇上麻烦事，就与我联系，或许我能起点儿作用。”

那人通过连接着驾驶室的管子出口处把卡片咔嗒一声送了出来，然后在那高高的驾驶室里操作车辆转圈掉头，往刚才驶来的方向而去。

“我曾经见过太阳能电池的试验车，可是……这也许是一种全新动力的车辆，没有一点儿响动啊。”朔一面说着，一面看着手中的卡片。

“‘鼯根据地’开拓者聚集区的农场场长！我觉得这是阿新、卡儿和鼯叔叔创建的机构。这个农场一直持续到了今天……2064 年！果然不全是坏事呀。”

“不过，那人也说了移居海外啦，如果遇上麻烦事啦什么的，”明担心地说道，“如果这是孩子和小狗在路上行走都会遇上麻烦事的社会，那该怎么办？”明的语调也变了……

7

“三人组”往下走去，林道两侧都是高大得令人惊惧的树丛，尤其是树丛深处，粗大的树木更是倾倒歪斜，视野非常糟糕。好几根长长的原木排列在道路两旁，有些原木与地面接触的部分已经开始腐烂。

“这条道路的前方比我们已经通过的部分还要暗吧？”

“这一带是种植杉树林的地方，虽说也很暗，可在这里干活的人已经开垦过林子，还把砍伐下来的树木加工成了木材，是这样的吧？

“我看呀，这种原木，是用被台风刮倒后堵塞道路的杉树加工而成的。大概是‘聒根据地’里使用林道的那些员工干的吧。”

“如果‘腊肉’进入这么乱糟糟的幽暗森林，它还出得来吗？”

朔没有回答。真木停住脚步蹲下身子，抚摩着凑上前来的“腊肉”那柔软的、如同夏天一般的背脊。

刚刚从这里穿越而出，比记忆中更为空旷的峡谷便出现在眼前，而且，整座峡谷都如同音乐大厅一般回响着旋律，有小号的号音，还有弦乐合奏和连续敲打的定音鼓鼓声。决定前往 2064 年的世界时，真木播放的就是这支曲子。

“这是也可以用于《2001 太空漫游》的音乐吧，真木？”朔说道，“可是现在听起来，却有点儿古色古香的感觉呀。”

“因为这是理查德·施特劳斯二百周年诞辰。”真木回答说。

8

“三人组”从林道行至国道之前，音乐声消失了。由照亮森林的光线的角度可以确认，现在还是清晨。明问起自己想要了解的问题：

“就是这样向镇上的人通报时间的吗？”

“如果真是这样的话，也未免过于夸张了吧。”朔否定道，“今天是星期天，我觉得这是举办特殊活动的预告。”

在明曾为“逃散”的女孩子们设置医疗站的地方，唯有那株连香树越发高大、茂盛，旁边则是加油站那又高又大的屋顶，面前的柱子上悬挂着一块告示牌：

鼯根据地的货币　概不使用。

“三人组”急急转过那个拐角，往上游而去。加油站内的地面上，两个年轻人身穿带有陌生标记的石油公司工作服在浇水，他们一面打扫卫生，一面警惕地注视着这边的动静……

山崖的突出部分从森林一直延伸至国道，突出部分的这一侧与以往的印象完全相同，然而，河流另一侧却是全然改变了模样，所有民宅悉数被拆除，在拓宽的国道与堤坝之间，全都铺上了水泥路面，稀稀落落地停放着小轿车。从眼前的情形看，那里应该是停车场。

在同样加宽的桥的对面，那座中学早已不见踪影，与机场飞机库相似的仓库鳞次栉比。由那里往上而去的斜坡上，耸立着形似东京郊外常见的那种大片出租公寓。

及至“三人组”来到国道左侧深处可以远眺之地，他们却停下脚步，惊讶得连声音也发不出来了。炸毁岩鼻采去石头后成为细长形洼坑的地方，已被全部填平，耸立着外壁镶有深褐色合成树脂板的巨大建筑！

“那幅有关未来的图画，大致还是准确的。”朔终于说出声来了，“只是实际上规模更大……”

明也叹一口气，想要说点儿什么。然而，通向巨大建筑旁边的一条迂回小路入口处的建筑物里，却突然跳出三四个男人，并往这边跑来，叫住了“三人组”。

真木半蹲下身子，抚慰正要咆哮起来的“腊肉”，明则竭力使自己受到惊吓的心情镇静下来。

9

“你们干什么来了？”那个将白发剪至发楂、年岁最大的男子大声问道，“现在离集会开始还有两个小时。俺的保安队没有收到通知，说是将有零散个人前来参加集会。说起来，你们怎么连制服也没换上？

“这样一身打扮、这样一个时间，在这里四处转悠，你们将被怀疑为干扰集会！”

仔细听完对方的话语之后，朔回答道：

“我们并不知道你所说的集会。就连这座建筑也是第一次看到。我们只是想看看峡谷里的模样，才从森林里下来的。”

“是从‘鼯根据地’来的吗?”

对于这个问题，朔呼了一口气，然后答道：“不。”

站在后面的年轻人对队长耳语了几句，于是，保安队长(唯有此人身着一身西服并系着领带，其他年轻人都穿着土黄色制服）像是恍然大悟似的改变了语调：

“该不是移居海外的当地人的第二代或第三代后裔?”

朔曾从“鼯根据地”的人那里听到相同的话语，现在，他好像要思索从这些话语中感受到的启示。

真木取代沉默的弟弟，悠闲地问道：

“集会是为了纪念理查德·施特劳斯二百周年诞辰吧?”

对方立即显出一副勃然大怒的模样：

“说什么呢? 如果你们是这么一副态度的话，就必须让我们检查 ID[①]!”

那几个年轻保安将三人围了起来，让他们交出队长所说的 ID 卡。明在想，这应该是证明身份的卡片。自己曾看过一部电影，说是在未来的社会里，如果不带上这种卡片，事情会变得非常麻烦。

---

① ID 为英文 Identity 之缩写，有身份标识号码等语义。

最先是朔将口袋里的所有东西都掏了出来，让他们检查。明也这么做了，然后打算立即过去帮助真木，让他也照样办理。

然而，在她还没来得及帮助真木之前，保安已经试图检查真木的上衣口袋。真木从不让陌生人接触身体，此时便作出对抗的架势，“腊肉”也发出低沉的吼声。

“我哥哥并不是要反抗，”明喊道，“哥哥是残疾人，因此不明白事情的缘由，我会让他接受检查。”

队长正在检查从朔身上接过的东西，他大声说道：

“你不是带着‘鼯根据地’农场场长的名片吗？你们，必须随我去总部！”

10

只剩下“三人组”后，明向朔询问道：

“我们被逮捕了吗？”此时，“三人组”（不如此的话，真木便一动不动，“腊肉”也是这样）已被关在保安总部那座建筑物内的一个小房间里。

明感到不安，即便真木不会受到那些充满威胁意味的话语的惊吓，明也还是惊恐不已。

“那些人是管理巨大建筑的那家公司的保安队吧？我觉

得他们不是警察。”

真木似乎并不介意朔与明之间的对话，他将脊背倚靠在高窗下的墙壁上，蹲下身子，抚摩着站在膝前的“腊肉”的红褐色的背部。

“我们会怎么样呀？”

“一旦事态紧急，就请真木说那句话。”朔安慰明道，“不过，我想尽量看看这里的样子。假如无法对阿新和卡儿进行任何说明的话，到这边来可就真是‘无意义’了。”

“在此之前，朔儿，你认为这里会是怎样的呢？”

“下山来到峡谷里之前，我认为这里没有照看森林的人，另外，我还听到了‘移居’这个词，我就在想呀，这里已经变成什么模样了呀？

“等看到那座巨大的建筑时，觉得就连峡谷里也是超现代化了……也就是进入未来了。

“但是，我也在思考，用如此大规模的设备来进行西红柿的水中栽培，是得不偿失。

“该不是电子产业的联合企业吧？仓库和职工宿舍也都一应俱全。倘若河边道路旁那块空地是停车场的话，那么，开车来这里工作的人也一定很多。

“而且，好像今天还有一场以这里为会场的集会。”

明先前认为已被锁上的房门，这时忽然打开了。保安队长把脸探了进来，仿佛在叙说一桩重大秘密似的说道：

“集会支援委员会的县知事阁下，通知要接见你们。这可是罕见的例外呀！”

11

“三人组”随后便收到被检查过的两个小背包和一个提篮。

走在建筑周边的边缘处的那条通道上时，好几辆拉下遮光窗帘的大型客车从身旁驶过。行至近处时才发现，这座建筑其实更为巨大，那些大型客车就被吸入这越发显得巨大的建筑的地下去了。

朔频频窥视天花板很高的一层深处，明对此感到奇怪，难道他在寻找中学生们在想象未来时描绘的那株可以采摘一万三千颗果实的西红柿主茎？可他并没有带锯子来呀……

运完集会参加者的客车还在陆续开出来，因而“三人组”无法从建筑前面穿行而过，只好折返回来乘坐停车场的电梯。

巨大建筑东侧二楼音乐厅的入口处已经开启，划出了乘车直接抵达的贵宾（也就是重要人物）的专用停车位。此时，无论在大厅的前厅里，还是由此延伸到室外的广场上，都没有一个人影，看样子，直接前来入口处的那条道路还处于禁止通行状态。

停车区域内，停放着三辆驾驶室与乘客座席分开的大型客车，周围站立着一些身穿黑色西服的人员和一位佩戴知事秘书徽章的中年女性，此外，还有几个穿着制服的保安人员。

保安队长领着“三人组”往那边走去，同时说道：

“县知事的工作非常繁忙，所以把公车改造成了办公室，以便随时工作。”

女秘书打开那辆从窗外看不到车内情景的大客车的车门，真木抱起“腊肉”想最先上车，却被保安队长所制止：

“你再怎么说，也不能带着狗上车呀！”

但是那位女秘书却说道：

“请！对于眼睛不方便的人，导盲犬是可以一起上车的。”这么说了之后，保安便让真木上了车。

12

知事坐在细长的办公桌前，因为拉下了窗帘，他置身于一片微暗之中。真木由于看不清脚下而略显犹豫，这时有人打开了车顶照明灯，将他安置在一旁的沙发上。

短小的身体上扛着一个大脑袋的知事（像是比“三人组”的父亲要年轻一些），让明想起了电视漫画里的孩子博士。

“你是患有认知障碍吧？”知事对真木问道。

“我觉得是这样的。”

知事笑了起来，眼睛如同从眼镜上挖出的孔洞里往外窥探着一般，显得很冷漠。

“在今天的集会上，那些患有认知障碍的孩子要跳广场集体舞。但我不会跳舞，就这一点而言，我也算是一个残疾人。”

明将面孔转向知事说道：

“不会跳舞的残疾人，会很痛苦吗？我哥哥呀，有时候发作，好像很痛苦。”

知事转而看着朔，询问道：

“你们没有随身携带 ID 卡，并受到了讯问，是吧？”

“是这样的。”

朔认真地作了回答，可真木却做出一副滑稽的表情，这使得明为之放心不下。知事像是在比较两人似的看着真木和朔，然后说道：

“即便你们的父母反对国家和县里的 ID 卡相关政策，我也不会追究你们，因为你们自身的身体也有不便之处。

“既不让孩子们持有 ID 卡，又在镇政府或市政府前烧毁自己的 ID 卡。从事这种运动的那些人，拥有这样的权利。

“按照宪法的解释，进行种种争论之后，那样一些人的自由仍将得到承认，这是我目前的想法。只要看一眼你们的服装，就知道你们是提倡回归‘从前美好的时代’那种教育方针的学校里的学生。

“可是呀，假如因为你们过于重视自己的自由，而使得其他那些孩子的自由遭到妨碍，那又该怎么办呢？

“其他那些孩子经过长时间准备的集会，将因为你们想要强调自己的愉快而遭到妨碍。而且，这会使得其他许多孩子都不愉快，难道这就公平吗？

“在今天的会场大厅里呀，与你们的想法相似的孩子，竟然混进了五十人之多，假如他们进行呼吁的话，集会就将停止。如果说为什么会变成这样，那是因为虽然我站在支援集会的立场上，却也不愿意让警察介入。

“而且最为紧要的是，我不愿看到冲突，不愿看到在拥有你们这种想法的孩子们与乐于集会的孩子们之间发生冲突。

“不过我呀，想向你们提出一个问题。你们为什么特意穿上这样的服装、做出这样的发型，大模大样地来到这里？

来到当地的孩子们一直在准备进行愉快集会的场所……

“就像刚才所说的那样，我不会让他们使用暴力把你们驱逐出去。假如你们与集会的孩子们发生争吵的话，我将保护作为少数派的你们。来自外国的媒体，也在摩拳擦掌地等待着，准备拍摄你们遭到痛打的场面！

“但是，你们干下了那种事情，又有什么值得开心的呢？”

13

“我们不知道集会的事情。”

明知道，朔用这种方式说话的时候，表示他已经拿定了主意。

在反对父亲时，较之于立即冲动地发表意见的明，朔就是这样拿定主意，然后有步骤地陈述自己的意见。

因此，朔是不可能存心试图妨碍集会的。

“在你们与‘鼯根据地’之间，存在着某种关系吧？”知事直截了当地问道。

朔做了一个深呼吸，然后回答：

“从‘鼯根据地’这个名称上，我们也联想到了一件事。实际上，我们只是在下山来到这里的途中，与开车过来的那人说了几句话，接过他一张名片而已。”

“集会支援委员会已将进入这里的所有道路都控制起来了呀，你们（也不知道通过什么手段）竟然突破了我们的封锁。而且，还与一直反对县政府方针的‘鼯根据地’进行了接触。

“你们身上没有任何可以证明自己身份的东西，而且，也不准备对此作出解释。作为我来说呀，如果执行委员会要求我在集会结束前对你们进行控制性保护的话，我将难以拒绝。

“难道你们就不打算坦率地表明身份并说出自己的想法吗？”

“我们借助某种手段……借助我们自己称之为‘做梦人’的时间装置，来到了现在这个地方。在来到这里以前的、我们那一侧的时间，是 1984 年，地方则同样是这片森林。我们在暑假期间，就来到‘森林之家’并在这里小住。

“至于如何才能让你相信如此不可思议的话语，其实我们也在寻找可以让你看的证据。

“现在我就想起了一件事：哥哥的小背包里装着收音机。我想，你们这一侧的现在也还在使用着 FM 电波，不过，这与哥哥收音机上印有的、八十年前的波段肯定不同，因为你们需要更多的波段。”

真木好像已经调试过从自己那个世界带来的收音机，此时他充满自信地取了出来，转动调波转轮。他放大了音量，反复进行着相同的操作，却听不到哪怕一点儿声响。

14

知事对想要把那收音机递过来的真木摇了摇头，然后问道：

“你也在 1984 年？”

“我认为，大家都在相同的年份里。”

“这里是什么年份，你知道吗？”

“是 2064 年。因为这一年是理查德·施特劳斯二百周年诞辰嘛。”

知事稍作思考之后，对朔说道：

“我们查看了你们的手册和夹放在里面的收据，都是 1984 年的东西，日期和星期也都符合。

“如果呀，你们是这一侧的组织机构派来的话，是不可能把一切都做得如此完备的。我也认为，相信你们所说内容的方法是很简单的。

“从你们这一方来说，是到未来的这座峡谷进行调查的，可是你们调查的目的又是什么呢？”

“我们想知道，自己目前所在的地方，未来会成为什么模样。”

“于是，到这里进行调查的结果，就是未来将变得糟糕，是这样吧。不过，之所以现在成为眼前这样的时代，上一个时代，也就是你们那个时代不也有责任吗？”

“我们想知道这一切。”朔的话语表现出了勇气，“我的话或许失礼了，如果我们觉察到未来将会变得不好的话，就会回到我们那一侧，竭尽我们之所能，将其修正到并非如此的方向上去。”

“调查结束之后，你们将乘坐‘做梦人’时间装置回到1984 年去……

“不过，我不知道那是根据什么原理和技术制造出来的装置。”

“假如知道了距今八十年前的时间装置的原理和技术，你们就会大幅度改良吧？

“我们其实没有任何装置，只是依从自古流传下来的传说进行旅行而已。至于是否真的来到了未来……我们甚至怀疑，这不会是在梦境中吧。”

“动身回到那边时，你们会怎么做？”

“只要三人从内心祈愿，就能够回去了。”朔说道。

知事用没有笑意的眼睛直瞪瞪地看着朔，朔也一直在回视着他，丝毫没有畏惧、退缩之意。

朔儿为什么能够勇敢地对陌生人说出这种令人无法相信的话呢？明的内心涌出一股热流，她觉得“因为那一切都是真实的”。

15

“我认为，总之，你说出了自己坚信不疑的事，没有蒙骗人，我对你的话语表示尊重。

“因此，我有一个提议。倘若你们来到这一侧，以调查为目的，那么你们，尤其是你，不去看看集会的孩子们吗？我可要邀请你们去参加这个集会。”

知事随即用办公桌上的电话发出指示，与走进车来的女秘书商量了几句后，便愉快地摆了摆手，走出了车子。

车门被打开，很快又关上。就在这开关车门的极短时间间隔内，明看见在大厅的入口处，从停放于那里的几辆大型客车里，如同小号士兵一般、身穿迷彩服的少男少女鱼贯而出，井然有序。

明并没有看到他们在说话的模样，可无论从下方还是从大厅里，都传来了很多人叽叽喳喳的说话声。明想起了从岩鼻上俯瞰“逃散”人群时听到的那种海鸣一般的声响。

16

知事秘书像是比阿纱姑妈年轻一些。如果她出身于这个峡谷的话，或许还会是亲戚呢。她麻利地估算了一下尺寸，便为“三人组”选好了绿色、褐色和黑色相互交织的迷彩服以及同样色彩的帽子和鞋子。朔随即开始换穿这套服装，于是又一个小号士兵出现了。

明看了看为自己准备的那套服装（下身为裙子而非长裤），实在是没有兴致。明对那顶与男孩子相同的、有棱有角的贝雷帽，同样提不起兴致。另一方面，真木则对“腊肉”放心不下。更进一步说，明难以想象，真木和自己能够像那些少男少女一般行动。

明与女秘书商量，想在上午的集会结束之时的十二点返回 VIP 停车场，因为，她可以借助巨大建筑体上的广播塔来确定时间。于是，秘书便给了她进入建筑周边区域的通行证，而穿着非常合体的那套孩子专用军服、紧绷着拳头一般面孔的朔，则一身戎装地被秘书领了出去。

意味着会议正式开始的理查德·施特劳斯的音乐轰鸣起来，响彻建筑体内外。看到真木将双耳堵塞起来的模样，明认为没有进入会场的决定是正确的。

刚从车内带着行李到达早已空无一人的广场，就见保安队长领着他的手下出现在了眼前。

“你们的狗没有办理执照。”保安队长大声说，“在你们的时代，大概还不能科学地了解狗所携带的传染病有多么可怕。”

真木警惕起来，蹲下身子想要抱住那狗。然而，他能够理解保安队长所说的话语吗？

明的心脏扑通扑通地狂跳起来，同时向真木说明有关“腊肉”的内容。但是，真木却连头也不抬一下，嘎吱嘎吱地打开了小背包的盖子，然后解开裹着腊肉的纸包，将纸包里的腊肉全都扔到地上……

“这可不是你从容不迫地做这种事情的场合！”保安队长焦躁起来。

“腊肉”并没有从容不迫，它露出了此前不曾见过的那种狼吞虎咽的模样大嚼起来，被唾液濡湿的白牙和粉红色牙龈也全都露了出来。它刚刚吃完，真木便在它红褐色的脖颈上猛然拍了一掌，用有力的声音喝道：

“‘腊肉’快跑！”

柴犬立即往前一直跑去。

第十五章　如同永远一般郁暗的森林

1

明在想，假如这个人不回来的话，该如何是好呢？

面对向自己汇报真木放走那条狗的保安队长，女秘书却挥了挥手，随即带领明和真木经由大厅的入口，走向一条通往建筑外面的下坡道。

然而，明看到真木如同完全没有足疾似的急急行走，不禁为之担心起来。真木这是想去寻找“腊肉”，一定是这样的。

“刚才说是在午休之前赶回来，不过，我们也许难以做到。”明说道，“下午的集会不是五点才结束吗？请你转告我弟弟，让他在那个时间会面？”

“知道了。”秘书马上就应承下来，“如果情况是这样的话，你们的午饭该怎么办呢？我们为集会参加者准备的盒饭已经做好了，我为你们取来？”

“我和哥哥都带着盒饭呢。”

“什么？经历了八十年的旅行，那盒饭还没变质？”

明感到一阵惊讶，这秘书喜欢使用这样的表述方式，终究是与阿纱姑妈相似的呀。

2

真木在明的面前站起身来，然后转过加油站的拐角，就势走上了林道。当明回头观望在加油站工作的那些人的模样时，却发现刚才那几个保安人员也跟在了身后。

为了不让真木注意到这一切，明沉默着登上了耸立着高大杉树的那片幽暗之处，真木说道：

“如果我呼唤‘腊肉’，它会怎么反应？一听到声音，它就会跑到我身边来吧。”

“真木，我们被盯梢了。如果‘腊肉’现在出来的话，会被保安抓住的。”

“抓住它后，又会怎么样?”

情绪激愤的真木回过头去，瞪着树丛间的那几个家伙。他挥舞着手中的枯树枝，像是要威吓他们一般：

“抓到之后……要杀死它吗？可那是我的‘腊肉’！”

真木用比以前快得多的速度往坡上冲去，明担心这样会引起癫痫发作，便紧跟着向前走去。不一会儿，真木停下脚步，直勾勾地看着路旁堆得很高且纠缠在一起的藤萝，这些藤萝缠绕在倒地的树身上。

明努力抑制住内心里的喊叫。那里是今天一大早下来时，自己曾说了这样一番话的地点：

“如果‘腊肉’进入这么乱糟糟的幽暗森林，它还出得来吗?”

真木轻盈地迈过隆起堆土的林道边缘。从这里开始，如同排水口般细长的小径蜿蜒而去。真木用枯树枝压住覆盖在小径上的灌木，抬腿往深处走去。当真木的肩膀也消失不见后，他回转过来的面孔，便因为悲伤和愤怒而歪斜涨红了。

真木用完全不同于以往的粗野声音说：

“我……因为，不行！因为‘腊肉’是狗，所以不行！”

然后，他转回身子面朝前方，低垂着脑袋，歪斜着身子向前走去。

明刚才已经赶上了真木，但是被真木按倒的细枝在弹起后有力地抽打在她的面颊上，她因此一屁股跌坐在地上，眼睛被汹涌而出的泪水模糊了，没能立即站起身来。

隔着茂密的灌木丛，明眼睁睁地看着真木宽厚的背部时隐时现地远去了。哥哥刚才说了些什么呀？我……因为，不行！他想说些什么呢？

明坐在潮湿的地面上哭泣起来，直到发现擦拭眼泪的手变得通红，才意识到虽然不觉得疼痛，可口唇的边际却是被擦破了皮。明用手掌捂住伤口，再次听到了自己那闷声闷气的哭声。也不知道真木消失在了哪里，明越发感觉到难以忍受的恐怖。

我……因为，不行！是在说“因为是残疾人，所以不行！”吗？明的内心一片黑暗。

3

明哭了起来，双脚站在杉树下的杂草丛中。当觉察到身边有人时，她惊恐地站起身来，试图往树丛中的幽暗处跑去，却被按住了肩头。连声音都发不出来的明转身望去，才发现对方并不是保安队员，而是“鼯根据地”的农场场长。从停放在林道上的车辆那高高的驾驶室里，几个年轻人和姑娘都在担心地俯视着。

“请救命！哥哥跑到森林里去了！”

说完这句话后，明就瘫倒在农场场长的臂膀里。

4

明被送到“鼯根据地”，接受嘴唇上伤口的治疗。

在此期间，明一直述说着真木会进入树丛的原因，还说起下午五点，在峡谷那座巨大建筑内举办的集会一旦结束，朔就会赶到大厅前的停车场，而知事秘书也将前来寻找自己和哥哥。

农场场长答应，如果与朔取得联系，会立即领他到这里来。然后，场长从明手中接过她从秘书那里得到的通行证。

他还说，要让农场的年轻人首先在距离林道不远的范围内展开搜索。明告诉场长，假如看见那条狗的话，称呼它为“腊肉”就可以了。

农场场长对明说，在体力恢复以前要尽量休息（可能的话，就尽量入眠），接着便将她领到姑娘们的集体宿舍去了。

在寝室里，明得到了名为“镇静剂香草”的药剂，它是将“伤药香草”的草叶和根茎捣碎后捏成团后制作出来的，这种药剂可以治疗唇伤，使用方法是先将该药涂抹于患处后再贴上创可贴即可，再用橡皮膏固定于患处。

在明的病床四周，围坐着五六位姑娘，她们不仅说着日语，其中好像还混杂着各种外语。

这些姑娘的发型和服装也各不相同，有的姑娘下身套着在南美孩子的照片中见过的那种配有花褶的裙子，上身则穿着缀有玻璃珠的西服背心。虽然她们各自的穿着截然不同，却像是都喜欢上了明的服装。

明从那些不可思议的会话之中，只能听清“かわいい①、cute②、ge・bien③”之类的词语。

尽管如此，受姑娘们语言的吸引而分神的时间非常短暂，可怕的担忧再次涌上明的心头，她哭泣起来，姑娘们则像受到打击一般垂头丧气。

---

① 在日语中有“可爱”等语义。
② 在英语中有“可爱”和“迷人”等语义。
③ 南美地区的俚语，意为“很好”。

5

在此期间，姑娘们沉默着同时站起身来，按顺序拉上寝室的窗帘后便离开了房间。她们这是想让明沉入梦乡之中。然而，明却挣扎着不愿睡去，她在等待着朔的到来，因为自己必须让他前去寻找真木。

明在黑暗中刚一睁开眼睛，就看见若干闪烁着的眼睛犹如萤火虫般围拥在自己身边。明再度合上了眼睛。

“有生以来，自己的心情从不曾如此凄苦！”明想道。

6

姑娘们又同时跑去拉开窗帘，一脸疲惫的朔正往床边走来。明如同蹦跳一般飞身而起：

“真木说了‘我……因为，不行！’后，就走入了森林！也许他追赶上了‘腊肉’，然后带着‘腊肉’去了难以被人发现的地方。

“他还说了‘因为腊肉是狗，所以不行！’这句话！”

朔把双手放在明的肩头，像老大哥似的说道：

“没关系！真木将会和‘腊肉’一同回到‘森林之家’。另外，我和明儿还有妈妈，也将陪着恢复了健康的爸爸回来，要‘全家欢聚’嘛。”

明由于发怒而全身发起热来，她用力挣开朔的双腕：

“只有我不行！什么也干不了，只能躺在这样的地方。”她叫喊道，“朔儿也不行！毫无责任感地说了那些话……

“可真木说了‘我……因为，不行！’之后，就进入了森林！

“我如果独自前去寻找真木就好了……”

7

明和朔沿着拖拉机硬邦邦的部件之间向上攀爬，在那台似乎亦可作为牵引车使用的车辆的高高驾驶室内坐了下来。明休息过的农场建筑物，是整个根城（以前曾来过此地一次）地区的中心，各式各样富有个性的小建筑相互连接，在满天晚霞的映照下一片静寂。

朔与驾驶着车辆的农场场长说话。明惴惴不安，未能加入到谈话中去，也未能控制住用力擦蹭手指的习惯。如果能把脑袋撞击在驾驶室的强化玻璃上，感觉或许会畅快许多，然而，明还是克制住了自己的冲动。

朔想要了解“鼯根据地”的历史，但是场长来到这里也才三十年左右，并不是很了解三十年前的情况。

总之，南美、亚洲各国的人都来到这里，参与建设政府的公社和县里运作的生产机构。政府收购了峡谷里的所有土地作为建设用地，很多当地人因此而移民海外。建设工程完成后，继续留在生产机构里工作的人所剩无几。

农场场长作为来自墨西哥的劳动建设者来到这里，与失去劳动岗位的伙伴们在“鼯根据地”找到了工作，从而想方设法得以继续在这里劳作。

由于成年人在农场和食品加工厂里忙于工作，孩子们便依据“鼯根据地”从创始之初便传承下来的志愿工作制度过着集体生活。

有趣的是，这里的语言是混有日语和父母辈的祖国的语言的各种话语，而孩子们则只使用自己的语言……

最后，朔问起对方“是否知道‘千年老锥栗’已燃烧焚毁”之事，场长回答道：

“不就是被称之为‘国民再出发’那个时期的事吗！说是当时的国民七零八落的，国力也虚弱了。

“当时，还掀起了纯化精神的运动，利用宪法规定了国家宗教，然后将该宗教以外的所有设施全都烧毁，无论是教会、寺院还是神社。青少年中好像有九成参加了这场运动。

“‘鼯根据地’虽然不同于宗教，却还是受到了攻击，

‘千年老锥栗’也被说成是这个地方的落后信仰的象征，不也一把火给烧了吗！”

“今天集会上的报告里呀，来自全国各地青少年组织的贺电接连不断。这个组织缘起于那场运动吗？”

“关于这个问题呀，怎么说呢？对于运动的过激行为，既有政府的认可，也有来自外国的批判。

“现在的孩子们的运动，该不是别的东西吧？

“其实，县政府也曾对‘鼯根据地’的孩子们提出要求，让他们制作制服并参加那些活动。为了拒绝这些要求，可是费了大力气了。

“我们农场那些孩子的话语，外面的孩子不是基本听不懂吗？”

“ge · bien 这个词语，表示的是什么意思呀？”上车后第一次开口的明问道。

“在墨西哥语言中，这是在非常棒的时候使用的词语。”

8

繁茂的灌木丛由小径两侧挤压过来，从林道岔入的那条小径看上去如同一个黑黢黢的洞穴，尽管卷积云形成的晚霞红彤彤的。农场场长对于明和朔这两人独自上山的行为表示反对。

“如果有我和弟弟以外的人在场，哥哥或许就会因为戒备而不愿出来。”明坚持道。

虽说如此，农场场长还是表示要往前送上一程，他手持新式照明器照亮地面走在前面。在离“千年老锥栗”焚毁遗迹不远处的那株已经长得很高的锥栗树下，农场场长用枯树枝和被烧得焦黑的树根燃起了篝火。临回去前，他把照明器也交给了朔。

“为了不使我们那个世界的科学发生混乱，在返回前，我将把这照明器放在树根处，然后再回去。”朔与场长作了约定。

在月光映照的锥栗树树影下，朔和明围着篝火坐了下来。

“锥栗树之神呀，”明祈祷道，“即便历经千年以上岁月的老树被烧毁，仍养育出这般鲜活新树的锥栗树之神呀，请原谅我。我既无智慧也没有勇气，却进入了锥栗树的树洞进行旅行。

“若能够返回到那一侧，我将不再进行冒险。请原谅我的弟弟，让我们返回那一侧的锥栗树树洞。

“锥栗树之神呀，我们如果不在那树洞里等待，携带‘腊肉’回到那里的哥哥或许会以为弄错了目的地……从而迷失在幽暗森林的深处。”

第十六章　时间装置的最后规则

1

明睁开睡眼，发现自己正躺在树洞里，四周散发出蘑菇气味和纵横交错的留缝地板的杉木板香味。毛毯里非常暖和，明恍然想起了往事，将视线投向采光窗洒入的光亮及其周围柔和的阴翳中，随即便如同被冻住了一般。

朔在身边，却没有真木……

“明儿，真木还没有回来。”像是一直清醒着的朔对她说。

明觉得心脏每跳动一下都像过了一年似的，她艰难地说道：

“真木在森林里四处寻找‘腊肉’的时候……我害怕他被遗留在那一侧……就向锥栗树之神祈祷，请让我们归来……”

“我也只考虑必须回到这一侧来。”朔说道。

“只要一想起自己所在的现在是 2064 年呀，可怕的想法就一个接一个地浮现而出，”明说，“这个世界上，已经没有了妈妈，也没有了爸爸，只有活到了 2064 年，却是满脸悲哀的老人朔儿……

“我的身体比较弱，更是早已死去，被掩埋在地下，只留下如同罂粟籽一般的骨骸。

“一想到这些，就着魔似的向锥栗树之神祈祷，请让我们回到这边的树洞……”

朔深思着说道：

“在未来那座巨大建筑里的集会上……成了一千多名少年士兵中的一员，对此，我感到强烈的厌恶。当时我就在想，要回到这一边，为了不使事态发展到那个地步而努力。

“也就是说，较之于真木的事，我更多地考虑了自己。”

“离开‘鼯根据地’的时候，我对朔儿曾那般生气……决心独自前去寻找真木。

“可当我凭依在锥栗树上、坐在篝火旁、看着洒满月光的森林之时……就感到了惧怕。”

“我也感到了惧怕呀。”朔说道。

2

耳边传来了开锁的咔嗒声响，锥栗树树洞的门扉从外侧被打开，光亮随即溢满了树洞内部。上衣满是蜘蛛丝和草籽的真木站在洞前，脚边的“腊肉”同样散发出强烈的气味，如同“逃散”的那群孩子一般。

“我走回来了。”真木说道，肮脏的脸上带着擦伤和挠出来的血道子，“‘腊肉’认识道路，所以我用一整夜时间走回来了。”

明的身体如同弹簧般猛然弹跳而起，像金刚大力士那样站立在毛毯之上。朔也同样鲤鱼打挺似的站立起来，猛然挺起了身体。他与真木互相撞击着肩头，明也在一旁笑了出来，面颊上痛快地流淌着眼泪，一如霰子从屋顶飞溅而下。

“真木，你真了不起！”明也变得结巴了，“你在森林中行走，竟然穿越了八十年吗？你吃了那盒饭吗？如果真是这样的话，那就是正确的解答了！”

然而，也不知道真木是否听到了明的问话，只听他迟缓地反复说道：

“我……走回来了。

“‘腊肉’认识道路，所以……我用一整夜时间走回来了。”

真木显得很激动，嗓音嘶哑。“腊肉”关注着身边的动静，在真木脚边频频抬头仰视。

“明儿……当时我不是说了吗，我因为是‘童子’……所以不去不行！‘腊肉’因为是狗……所以找不到……不行。”

“当时怎么了？真木，当时你怎么了？只要你能回来就行了。你是担心‘腊肉’……才没把话说完吧。”明说道。

真木的脸上不仅满是污垢，还烧成了红黑色。他那原本外视的眼睛，有一只因痉挛而被拉扯到了面部的边缘，两只眼睛什么也不看。

“我……走……回来了……‘腊肉’认识道路（‘腊肉’此时用微弱的声音叫了起来）……所以我用一整夜时间……走回来了。”

朔也现出大吃一惊的神情，这是在告诉明，真木将陷入比以往的发作更加严重的“大发作”。

在父母动身前往美国前，全家人去了明的朋友推荐的意大利餐馆。回家途中经过新宿车站时，真木离开大家，在月台上独自站立着，当时的眼神就与现在一般无二。

“我想一个人到伊豆去。”他开始说了起来，“只要在伊豆半岛被冲走之前赶到那里就行了！”

这也是很久以前，一家人前往伊豆旅行的计划因台风而被迫中止的时候，真木反抗时所说的话语。朔当时是“知识渊博”的小学生，为了使真木断了这个念想，便对他说，伊豆半岛是从太平洋流淌过来，然后与大陆黏附起来的岛屿。

真木在月台上避开冲上前来试图劝慰自己的父亲，向身后正往这边驶来的电车挪去。此时，父亲犹如橄榄球比赛中扭倒持球跑开的对方球员一般，纵身一把揪住了真木。父亲由于肩膀脱臼，动身前往美国的时间也因此而推延了。

明悄悄走出树洞时，什么也不看、反复说着同样话语的真木如同木棒倒地一般直挺挺地倒了下去。为了不让他的脑袋撞击在石头上，明纵身跳跃过去，却看到逃开的“腊肉”腰部皮毛因粘满血块和泥土而硬邦邦的。

3

把真木安顿在锥栗树的树洞里睡下后，朔便前去请齬叔叔将真木抬下山。朔不歇气地跑了一个来回，返回之后，便和明一同坐在发出很大鼾声沉睡不醒的真木身旁，好像被抛弃的弟弟妹妹一般。

“起初，我悄悄走到他身旁，”朔说道，“对于真木是否真的已经归来，我一直半信半疑，甚至想亲手摸一下试试。”

“我觉得，如果发出声音让他受到惊吓的话，好像他就会轻盈地进入其他的时间……真是奇怪呀。”

“这并不奇怪，我总觉得真木是一个不可思议的人。

“上次在月台上遇到危险时也是如此，如果不是爸爸奋力相救的话，那电车或许就把真木给带走了。

“我认为，就像那电车一样，在真木的周围流动着很多其他的时间。

“他没用‘做梦人’时间装置，却从八十年前的未来回到了这里。”

“我呀，觉得他这次还是搭乘上了‘做梦人’时间装置。”明说，“他在未来的那片森林里行走时，大概由于‘大发作’而倒了下去，然后就像眼前这样沉睡不醒。‘腊肉’

之所以负了伤，是冲向倒下的真木身下替他当作垫子的缘故吧。”

朔起身到树洞之外寻找时，“腊肉”早已不见了身影。

4

直至很久以后（话虽如此，也只是在持续冒险的暑假当年，就在圣诞节至元旦的那一周，从美国返回日本的父亲和母亲为了对阿纱姑妈和鼯叔叔表示感谢，便将“三人组”带到四国来了。这里所说的很久以后，是指到了四国之时），明对那件事始终都弄不明白。

那件事，就是指当真木进入森林寻找“腊肉”时，明担心朔和自己既然没与哥哥在一起，也就无法回到这一侧来，因而感到心如刀割。

当时，朔理应同样感到担心，可他在进入姑娘们的宿舍后却对明说了这样一番话语：

“没关系！真木将会和‘腊肉’一同回到‘森林之家’。另外，我和明儿还有妈妈，也将陪着恢复了健康的爸爸回来，要‘全家欢聚’嘛。”

这是为什么？

5

抵达峡谷的翌日清晨，“森林之家”便遇上一场大雪，因此，在欢迎阿纱姑妈、鼯叔叔、阿新和卡儿这些客人时，父母亲和“三人组”在火炉里燃上薪柴，大家交谈了许久。

自从暑假冒险以来，朔变得稳重了，此前虽然已将森林和峡谷里的未来景象告诉了阿新和卡儿，可有关真木失踪时的情景以及一千多名孩子集会之事，却是不曾说起。

起初不愿意说是因为不愿唤起痛苦的回忆，后来则是由于时间装置的那个规定——不要说起过于不好的事，以免打击将一直生活至那个时代的人们的勇气。

下午，阿新和卡儿把真木还有明带去参加青冈栎树丛间的雪橇游戏，母亲则因为对午餐的比萨印象深刻，要去观看鼯叔叔烤制比萨的炉灶。

朔便对父亲说起了身着相同制服的孩子们姿势端正、手抚胸脯、齐声合唱的那个集会。自从父母回国以来，自己还是第一次单独和父亲（2064 年时他已经不存在了）在一起。

“我一直在围绕‘新人’这个主题进行思考与写作，也曾对你说起这个问题。”父亲做了一个深呼吸，“不过，我在美国读了一篇我一直以来比较欣赏的法语文章，从而重新思考了这个问题。首先，这篇文章在于我全然不同的意义上使用了‘新人’这个词语。

“在我出生那一年，一位名字叫作保尔·瓦雷里[①]的大诗人对他母校的中学生作了演讲。他说，‘在欧洲的若干处所，都有人在努力培养能够服务于国家的国民，并制订计划，进行训练，实施同一个教育方针，培养这种输送给社会机构和经济界的国民。’

“他还说，‘……精神的自由和细腻的教养，被针对孩子们的强制措施所毁坏，我对此感到恐惧。’

“无论任何时代，控制着政治界、实业界和掌握传媒话语大权的人，想要制造的就是这样一种‘新人’。

“而且，借助这种‘新人’而繁荣起来的国家，无论在任何时代，都没能长久，都在对邻国犯下极为悲惨的罪行后，走向了灭亡。在瓦雷里那个时代，纳粹德国即是如此。日本这个国家在我十岁那年之前，也就是战败之前，同样也是如此。

“然而，今天又出现了想要再度这样做的家伙。

---

① 保尔·瓦莱里（Paul Valéry，1871—1945），法国著名诗人、批评家、思想家，其代表作有长诗《年轻的命运女神》《海滨墓园》和诗集《幻美集》等。

“我想对你说的是，希望你们有别于被这种模型制造出来的人，成为那种自主而有合作精神的真正的‘新人’，无论你们置身于怎样的‘未来’。

“一如你刚才所言，我不可能像时间装置的最后规定所说的那样长久地活下去，所以呀，我想对你们说：期待你们能够如我所愿。”

6

朔下了决心。就像在暑假的冒险中，曾经为“三人组”下过决心一样，他下了决心。

“所谓‘危机’，具体说来到底是怎么一回事？是起了自杀的念头吗？”

父亲瞪大眼睛看着朔，然后移开目光，脸上早已不见丝毫笑意，眉眼间难看的光泽被染成淡淡的红色。

“爸爸出国期间，由我负责整理邮件。在这些邮件中，有一篇七八个页码的‘通信’，那位曾当过报社记者的人在上面写着爸爸‘玩弄小聪明手段压制言论’。

“说是在新宿车站，原本想带着身有残疾的儿子一同自杀，却失败了。而且，还对想要报道此事的记者施加了压力……

“当时我感到很痛苦，因为我也产生了类似想法——爸爸做出一副勇救真木的模样，其实，或许是想与真木一同赴死。

“可是，在暑假将要结束时，当我看到明儿蹦到正在‘大发作’之中的真木身边去帮助他的场面，便明白了爸爸同样只能如此。而且，‘危机’不会再来了吧？”

父亲默然无语地望着雪花纷扬的青冈栎树丛。此时，不仅面部，就连满是皱褶的脖子也一片通红。不过，转向朔那边的目光里却充满了柔情。

“这次‘危机’最严重时，我曾在加州大学伯克利分校看到新生们，便想起自己上大学进入法国文学系那阵子的往事。”父亲说，“学期刚一开始，阅读法文原著的班级首先要确定发言的学生。我就鼓足干劲，一口气报了三节课，被高年级同学以及同班同学狠狠地嘲笑了一通。

“我彻夜进行了调查，却还是有一些费解之处，带着郁闷心情在本乡大街乘上电车，却意外发现助教清水先生坐在座席上，他的身上辉映着路边树木新叶的光亮，他正对着我微笑。我鼓起勇气上前请教后，竟得到了完美的解答！

“回忆起这件事后，就像那新叶的光亮洒进我的内心一般，我极为难得地睡了一个好觉，早上起来便写下了那封信函，提及现在早已成为瓦雷里研究者的清水先生在文章里所说的看见（voir）即是预见（prévoir）……

“在法语中，有个词语叫 fonction，若译为书面语的话，应是‘职能’，可是朔儿，你们不爱使用这样的语义吧？因此，我更愿意将其理解为‘工作’或是‘劳动’……

“瓦雷里曾这样说：我们最为重要的工作，就是创造未来。我们呼吸、摄取营养和四处活动，也都是为了创造未来而进行的劳动。虽说我们生活在现在，细究起来，也是生活在融于现在的未来之中。即便是过去，对于生活于现在并正在迈向未来的我们也是有意义的，无论是回忆也好，后悔也罢……

“我之所以陷入‘危机’，正是因为身处自己的现在却看不到未来，只能在关闭的大门这一侧回忆和后悔。虽说剩余的现在已经不多了，可我还是想要看到隐于其中的未来。

“这就是我得以摆脱‘危机’的契机。当然，也有药物的作用。不过，我是为了创造未来而服用药物的。我在想，不能再倒退回去了。

“嗯，说起来，就是这么一回事儿……朔儿，你也去和真木、明儿，还有那些新朋友一起，让雪光把你们照得浑身透亮！

“我想看到活生生地生活在现在的你们，与这片森林里过去和未来的孩子们相互重叠……”

朔刚一走进大雪中，便发现真木乘坐在雪橇上，极为自然地让许久不见的“腊肉”在身旁奔跑着。不一会儿，大雪停了下来，周遭一片光明，于是将父亲和母亲也都叫了出来，鼯叔叔为全家拍下了照片。那是一台从欧洲的旧器物店铺里买来的大木箱照相机，自动快门也很老旧，发出了很大声响。

摄影之后，朔对明说出了秘密：

“明儿，在‘鼯根据地’农场场长的房间里，在等待你醒来的那段时间，我呀，看到了挂在墙壁上的一幅八十年前的老照片！

“现在，我们刚刚拍下了那幅照片！”

为了历史、现在和未来

——《两百年的孩子》译后记

许金龙

3 月 13 日下午，我看微信才知道大江健三郎先生 3 号去世的消息。我感到很悲伤，想不了太多的事情，也不太敢想。但这已经是个不可回避的现实了，必须得接受。我就强制自己转移注意力，去看看别的书，减轻一些精神压力。这么多年来，大江先生在我心里的形象，借用鲁迅先生的话来说，便是“横眉冷对千夫指，俯首甘为孺子牛”。他对恶势力是横眉冷对，尤其厌恶以国家级别的暴力，去欺凌弱小国家的行为；他对于需要同情的人，是极为同情的，所以他的文学主题基本上是站在边缘对中心提出质疑和挑战的。而且，大江先生也很重视和年轻人的交流。他认为年轻人是未来，他更愿意把年轻人称为新人。大江认为他们这一代人已经老了，不可避免的遭受到社会的一些污染。而新人，尤其是孩子，特别是尚未出生的孩子，他们极为纯净、丝毫没有污垢，唯有他们才能象征着人类的未来。他是这样抱有期望的。而《两百年的孩子》便是在这种期望中诞生的作品。

《两百年的孩子》是一部篇幅较短的长篇小说。在这部小说里，作者安排三个小主人公根据老祖母遗下的画作，于1984年暑假期间，从森林围拥的老家的一株千年锥栗树的树洞里，乘坐时间装置前往1864年和1867年，目睹了暴动农民的悲苦和愤怒以及反抗。其后，这三个孩子又去了未来的2064年，却震惊地发现，眼前的这个未来并不是自己所憧憬的未来，在所谓“国民再出发”的口号下，未来的日本政府“掀起了纯精神化运动”这种国家宗教，利用被修改的宪法烧毁除国家宗教之外的所有教会、寺院和神社，以取消人们原先的宗教信仰，不论其为基督教、佛教还是神道教，试图从精神上对国民进行高度控制。作为具体措施，则强制性地要求人们必须随身携带输入个人详细信息的ID卡。更为可怕的是，日本政府动员了全国90%的青少年参加了这场运动，并让这些青少年头戴贝雷帽、身穿迷彩服，成为一个规模庞大、组织严密的准军事组织……

大江先生为孩子们描绘的2064年发生于日本一个山谷中

的这些画面似曾相识，让人们无法不联想到二战期间狂热的日本军国主义情绪，无法不联想到被日本帝国侵略的亚洲各国人民的惨痛牺牲，无法不联想到这场侵略战争为包括日本人民在内的亚洲各国人民带来的深重灾难……

为了更好地阅读和理解《两百年的孩子》，我想为读者们开列一份书单以作参考，这也是大江先生在1995年至2013年这十多年间创作的部分作品：

随笔集《康复的家庭》（1995年，由大江由佳里女士配图）；

随笔集《温馨的纽带》（1996年，由大江由佳里女士配图）；

长篇小说《被偷换的孩子》（2000年）；

随笔集《在自己的树下》（2001年，由大江由佳里女士配图）；

长篇小说《愁容童子》（2002年）；

随笔集《致新人》（2003年，由大江由佳里女士配图）；

长篇小说《两百年的孩子》（2003年，由雕塑家舟越桂先生配图）；

长篇小说《别了，我的书!》（2005年）；

长篇小说《水死》（2009 年）；

长篇小说《晚年样式集》（2013 年）。

以上书单计有随笔集四部，长篇小说六部。细心的读者可能会从这些体裁不一的作品中发现以下几个特点：第一，上述四部随笔集皆用平实易懂的口语体写成，皆由其夫人大江由佳里女士配置精美插图，对于这样的安排，我们当然可以理解为这是作者大江先生在有意识地照顾小读者们的阅读兴趣。第二，包括我们正要阅读的《两百年的孩子》在内，共有四部作品的书名含有“孩子”“童子”和“新人”字样，这显然不会是一个偶然和巧合。至于另外六部作品，尽管在书名里没有这些字眼，已经阅读了上述作品的读者，仍然能够从中发现相关特点：随笔集《康复的家庭》《温馨的纽带》以及《在自己的树下》，皆用中小学生也能看懂的简洁流畅且精准的平实口语体写成，与大江先生此前所使用的那种富有个人风格的深奥繁复的文体大相径庭，并配以由佳里夫人精心绘制的水彩插图，显然，这也是以大学、中学甚至小学高年级读者为阅读对象的，尽管实际上我们可能需要花费五年、十年甚至更长时间来不断加深对这些作品的理解。第三，在《别了，我的书！》结尾部分，文本中的老作家长江古义人表示将放弃颇具个人特色的小说语言，转而使用十三四岁的孩子都能看懂的平实语言纪录下各种“征候”。这里所说的征候，是指某些事件发生之前的细微前兆。另外，大江先生在其创作生涯的最后一部长篇小说《晚年样式集》结尾处，同样使用十三四岁的孩子都能读懂的平实语言，为孩子们写下了题名为“遗物之歌”的诗歌，他深情且满含希望地对孩子们说：

> 我无法重新活上一遍。可是，咱们却能重新活上一遍。

当然，以上所述远不是这位可敬的老作家为孩子们所做工作的全部。在文本之外，大江先生也不断出席以孩子、童子和新人为题的各种演讲、读书会或座谈会，还在柏林、北京、东京等地面对各国孩子发表与此相关的演讲。2000 年 9 月下旬、2006 年 9 月中旬、2009 年 1 月中旬，大江先生分别对清华大学、北大附中和北京大学的学生们发表演讲并在座谈会上与大家直接对话，这也只是诸多类似活动中的几场活动。

我们由此可以了解到这样一个事实：在作家生涯的最后

阶段，大江先生不断创作以青少年读者为阅读对象的作品，同时面对各国（尤其是中日两国）青少年发表演讲、进行座谈，这不可能只是作者一时的心血来潮，而只能是其深思熟虑后的慎重选择。我们将以大江先生为青少年写的第一部科幻小说《两百年的孩子》为分析对象，尝试着进行解读并得出自己的结论。

无论在《两百年的孩子》这部小说中，还是在大江先生为中国小读者特意撰写的前言里，抑或在这位老作家面对北大附中的孩子们发表的演讲《走的人多了，也便成了路》中，我们都曾听到或读到一个人的名字——“在法国引领了二十世纪前半叶的大诗人、评论家保尔·瓦莱里”以及此人于 1935 年面对母校的孩子们所说的一段话语——“我们最为重要的工作，就是创造未来。我们呼吸、摄取营养和四处活动，也都是为了创造未来而进行的劳动。虽说我们生活在现在，细究起来，也是生活在融于现在的未来之中。即便是过去，对于生活对于现在并正在迈向未来的我们也是有意义的，无论是回忆也好，后悔也罢……”

那么，在《两百年的孩子》这个故事里，作品又是怎样表现这种历史、现在和未来的呢？这位可敬的老作家为什么要向我们讲述历史、现在和未来呢？在我们得出解答之前，需要暂且熟悉一下故事里的三个主人公（你不妨由他们联想到文本外的大江先生的三个孩子，当然，同样可以将其视为你的邻居、同学甚或自己）——因患有先天性脑疾而留下后遗症的真木及其妹妹明和弟弟朔，了解（或跟随）他们在暑假里进行的一系列神奇的冒险活动，进而体味由此而感悟到的意义。

前往历史

大江先生的故乡所在的峡谷周围，是无边无际的大森林。在这片森林里，历史上曾发生过两次规模较大的暴动，第一次是 1788 年，这里的农民曾因躲逃饥荒而举行了大濑暴动；第二次则是 1866 年夏天，为反对因官商勾结而造成的物价暴涨，当地以及附近三十个村庄共万余人参加了为期三天的奥福暴动。在《两百年的孩子》里，三位主人公前往的，正是以这两次暴动为原型的历史空间。或许是为了叙述上的方便，在《两百年的孩子》这个故事里，两次暴动的时间则分别被安排为 1864 年和 1867 年。

故事始于 1984 年的暑假，老作家的三个孩子真木、明和朔从东京来到父亲的老家所在的村子，根据老祖母的遗画和当地的传说，在千年锥栗树的树洞里的梦境之中竟然去了

1864 年，目睹了无以计数的农民为躲避无法承受的沉重税赋而被迫翻山越岭、逃离家园。看到逃难人群中那些女孩子拖着磨破皮的双脚而进行长途跋涉的惨状，明和真木以及朔决定为她们提供帮助，便返回当下的现实社会，在姑妈的帮助下筹措了药品后，三人再度前往一百二十年前的逃难队伍里并开设治疗站，直至官府的快枪队追踪至此、大战一触即发之际才离开现场……

祖母留下的遗画里，有一幅画是胸前缝着一片小布条的男人被关押在牢房里，时间是 1867 年，日本明治维新的前一年，而画中那个男人，则是他们在 1864 年大逃散中邂逅相识的少年铭助。当三人乘坐时间装置来到牢房里探望他时，方知布条上用墨汁写上的“小”是农民暴动时大旗上的标记，表示“困难，为难，贫困，困苦”等语义。原来，铭助在领导暴动后为逃避迫害而出逃，却在“了解到人们没有正确传播为何发动‘一揆’的原因之后，又折返回来”并“出现在城下町诸人云集的地方进行演讲”，终致被官府抓入牢中。于是，三个小主人公决定不再遵守时间装置的约定，他们带上种种越狱工具，试图在暴风雨之夜将一百一十七年前的铭助搭救出来……

其实早在东京大学就读期间，大江先生便曾认真学习过

《毛泽东选集》第一卷中有关根据地的相关论述，开始将这些论述与家乡的暴动史乃至日本的近代史联系起来加以思考。当然，历史不可复制，故而大江开始考虑在自己的文学作品中构建以中国革命模式为蓝本的根据地。于是，“暴动”和“根据地”字样开始频繁地出现在大江的小说文本里。譬如在我们将要阅读的《两百年的孩子》中译本里，如果用电脑检索“暴动”和“一揆”，可以发现共有22处。这里所说的“暴动”一如字面语义。根据《新世纪日汉双解大辞典》的解释，“一揆”则是日本“室町时代中期以后，为反抗统治者暴政，农民等结伙发动的武装起义”。对“逃散”进行检索，则有53处。两者相加，总共75处。这里所说的“逃散”，是指在日本的中世和近世，农民为反抗领主的横征暴敛而集体逃亡他乡，这种逃亡有两个特征，一是数个、数十个村庄集体逃亡；二是这种有时多达数千人、数万人的逃亡，往往伴随着与领主武装的战斗。同样使用电脑检索的方法对《两百年的孩子》进行检索，还可以发现含有“根城”和“根据地”的表述各有20处，一共40处。这里所说的“根城”，在日语中主要有两个语义，其一为主将所在城池或城堡；其二则是暴动民众的据守之地，或是盗贼的巢穴。“根据地”的语义为“军队等队伍为修整、修养或补给而设立的据点”，在大江的文学词典里，这个单词显然源于抗日战争期间用以抵御侵华日军、争取抗战胜利的抗日根据地。当然，这也是大江赖以在小说中构建根据地（乌托邦）的原型。

除了我们将要阅读的《两百年的孩子》，在此前和此后出版的《致令人眷念之年的信》《愁容童子》《别了，我的书!》以及《水死》和《晚年样式集》等长篇小说中，对于权力中心改写乃至遮蔽边缘地区弱势群体之历史的做法，大江先生进行了无情的嘲讽，借助森林中口耳相传的神话（传说）和历史复制乃至放大遭到政府遮蔽的山村和森林里的历史，把那座神话（传说的王国）进一步拓展为森林中的根据地（乌托邦）——超越时空的“村庄=国家=小宇宙”，清晰地提出了文化人类学意义上的边缘与中心的概念，使其“得以植根于我所置身的边缘的日本乃至更为边缘的土地，同时开拓出一条到达和表现普遍性的道路”[1]。这种从边缘和历史出发的叙事策略显然与“马克思主义批评理论一直在努力使文学批评具有历史维度”[2] 的主张高度契合，因为这种主张“认为需要返回历史，把历史当作重要的出发点来理解文化

① 大江健三郎：《我在暧昧的日本》，收录于《我在暧昧的日本》，许金龙译，南海出版公司 2005 年 11 月版，第 96 页。
② 张京媛：《新历史主义与文学批评·前言》，收录于《新历史主义与文学批评》，北京大学出版社 1997 年版，第 2 页。

生产、批评概念、意识形态、政治和社会的范畴”[①]。就这个意义而言，大江先生在包括《两百年的孩子》在内的诸多小说中频频引入暴动历史以展开边缘叙事也就不难理解了。这里还有一个需要关注的地方，那就是从这一时期开始，大江先生在表述森林中那些神话（传说）和历史时，清醒地意识到在日本这个封建意识和保守势力占据强势的国度里，包括森林中那些山民在内的弱势者的历史，一直被强势者所改写、遮蔽甚或抹杀。譬如发生在大江故乡的几次农民暴动，就完全没有被记载于官方的任何文件中。为了抗衡强势者（官方）所书写的不真实历史，大江以《两百年的孩子》以及《同时代的游戏》和其后的《M/T与森林中的奇异故事》《致令人眷念之年的信》《优美的安娜贝尔·李 寒彻颤栗早逝去》等晚近小说为载体，从根据地民众的记忆而非官方记载中，把故乡的神话（传说）乃至当地历史中一些具有重大意义的部分剥离、复制乃至放大出来，试图以此在某种程度上还原历史真实，回归历史原貌，进而抗衡官方书写或改写的不真实历史。

---

① 张京媛：《新历史主义与文学批评·前言》，收录于《新历史主义与文学批评》，北京大学出版社1997年版，第2—3页。

我们还需要注意的是，这种根据地（乌托邦）叙事在大江的文学作品中也是在“与时俱进”的——最初近似于中国国内革命战争时期和抗日战争时期的军事根据地，譬如《同时代的游戏》里的根据地和游击战；当其长篇小说《愁容童子》中的边缘性特征被中心文化逐步解构之后，在故乡森林里建立根据地的基本条件就不复存在了，于是在《两百年的孩子》里构建具有共产主义特征的鼯农场（根据地），在《别了，我的书!》中通过因特网建立新型根据地，将根据地建立在边缘地区那些拥有暴动历史记忆的边缘人物的内心里，同时吸收和团结拥有共同传承历史记忆的年轻人；及至《水死》中，大江更是将抨击的矛头直接指向国家权力的象征：以修改历史教科书的形式误导一代代青少年的日本文部科学省高级官员……

再探未来

如前所述，历史是大江文学叙事的重要内容。如果我们仔细读下去，就可以发现，大江文学中的历史叙事却是为了未来，一如大江先生在《两百年的孩子》这部小说里告诉我们的那样：

二百年の子供

过去是已经发生了的事，所以无法改变。话虽如此，回到过去一看呀，就更深入地理解了铭助这个人，这就不是“无意义”了，对于现在的我们来说……

未来则是尚未确定的事物，可以通过生活在现在的人们的所作所为，使其具有无数可能性。难道不是这样吗？

河流不是一直流淌到这里来了吗？那就暂且把这里作为现在。小河在流到这里来之前还在上游的时候就是过去，已经无法改变。可是呀，将要从这里流下去的小河下游，是可以改变的。

譬如说，如果把这里建成水库的话，情况又将如何呢？对现在的这里所进行的建设，不就相应地改变了未来吗？

就像我们已经知道的那样，在《两百年的孩子》里，大江先生运用转换时空的创作手法，让自己三个孩子的分身往来于历史、现在和未来，让他们目睹历史上的暴动，并经历未来日本复活国家主义之际，孩子们在故乡的山林中找到具有共产主义特征的、彼此友爱的根据地（乌托邦）……

显而易见，大江先生是在借助专门为孩子们创作的这部小说教导他们如何与过往的历史进行对话，如何了解历史事件在其发生之时意味着什么，如何理解该历史事件对于当下甚至未来具有的意义。

或许是担心在这部小说里对青少年提出的预警不够充分，尚不足以引起青少年足够的重视和警觉，大江在其后第三年出版的长篇小说《别了，我的书!》里，更是借用与其在文本内的分身“长江”之日语发音相谐的“征候”来表征自己的工作：“我要做的工作，是在某些事件发生之前，就收集其细微的前兆。在那些前兆堆积的前方，一条无可挽救的、不可返回的、通往毁灭方向的道路延伸而去。……我所要写作的‘征候’，则要以全世界为对象，预先摸索出它前进的方向和道路。”而且，这位由民本主义出发的人文主义作家为了让大多数孩子都能阅读到这些“征候”，特意提出要把“记载这些‘征候’的书架调到适当的高度，以便十三四岁的孩子们谁都能打开箱子阅读其中资料。因为，唯有他们才是我所期待的阅读者，而且，有关‘征候’的我的想法，也都是试图唤起他们颠覆记录于其中的所有毁灭的标志的想法”。在这里，大江先生将自己的人文主义课程对青少年阐释得非常清晰且浅显易懂：他要将通往“无可挽救的、不可返回的、通往毁灭方向的道路”之“征候”和“前兆”告知孩子们，以期让他们产生“想法”，去颠覆“其中的所有毁灭的标志”，以便“创造出明亮、生动、确实体现出人的尊严的未来”，而非“充满黑暗、恐怖和非人性的未来”！我们可以将这段话语视作大江对孩子（新人）的热切期许，还可以将其视为大江及其文学的人文主义核心价值观。

当然，未来也不是全无希望。还是在《两百年的孩子》的那片森林里，在两百年前农民举行暴动的旧址上，从南美以及亚洲各国来到此地的劳动者们以农场为基础，重新建起了“鼯农场（根据地）”。在这个根据地里，“由于成年人在农场和食品加工厂里忙于工作，孩子们便依据‘鼯根据地’从创始之初便传承下来的志愿工作制度过着集体生活。有趣的是，这里的语言是混有日语和父母辈的祖国语言的各种话语，而孩子们则只使用自己的语言……”

回到当下和现实

或许有人会认为故事并不能代表现实，更不可能是未来的真实再现，对于《两百年的孩子》在2064年那个未来所显现出来的可怕前景，我们大可不必当真。遗憾的是，东京大学学者小森阳一教授肯定不会同意这样的看法。在讨论《两百年的孩子》这个故事里未来的可怕前景时，小森教授表示，大江先生在作品里描绘的可怕未来，实际上现在已经开始出现——日本政要不顾曾遭受侵略战争伤害的亚洲各国人民的反对，接连参拜供奉着甲级战犯的靖国神社；日本政府强行通过所谓国旗国歌法，要求学校的教职员工和所有学生在开学和毕业仪式上起立，在国歌声中向国旗致礼，而不愿向国旗敬礼者，轻则影响升职，重则被开除公职，在右翼政客石原慎太郎任东京都知事期间，这种处分更是严厉，据小森教授说，他的几个朋友已经因此而被开除公职；就在前几年，日本数十位国会议员在美国报纸上刊载大幅广告，说是不存在慰安妇问题，还恬不知耻地说什么那些慰安妇是自愿卖淫者，其收入有时甚至超过日本军队里的将军；更让人忧虑的是，日本右翼势力正在竭力修改和平宪法，尤其是这部宪法第九条中有关日本永久性放弃战争、不成立海陆空三军的条款，试图为全方位复活军国主义清除最大的障碍。筑波大学学者黑古一夫教授的观点与小森教授相近，他认为日本的政治主导权始终掌握在保守势力手中，他们期望从根本上改变日本战后开始实施的民主主义，复活战前的价值观……

综上所述，大江所描述的未来社会的阴暗前景，就不是毫无根据的空穴来风了，而是基于对现实的忧虑甚或预警。为了大多数人的希望，大江通过《两百年的孩子》这个故事，以艺术手法为人们展示了过去（被官方遮蔽了的民众暴动史）、现在（日本当下试图修改和平宪法的政治现状）和未来（日本几十年后极有可能出现的全面复活军国主义的阴暗前景），并借法国诗人、哲学家和评论家保尔·瓦莱里之口，向我们表明了历史、当下和未来的关系。尽管未来的前景是黯淡的，但是这位老作家却也明确地告诉我们，情况并没有糟糕到令人绝望的地步，那里毕竟还有一群心地善良的人在鼯农场（根据地）里坚持自己的操守，抵制来自官方的高压，以各种方式不让孩子们参加那个具有国家主义甚或军国主义性质的准军事组织。至于如何在了解历史的基础上创造美好的未来，不妨以大江在北大附中结束演讲时的一段话语来提供一种参考：

> 你们是年轻的中国人，较之于过去，较之于当下的现在，你们在未来将要生活得更为长久。我回到东京后打算对其进行讲演的那些年轻的日本人，也是属于同一个未来的人们。与我这样的老人不同，你们必须一直朝向未来生活下去。假如那个未来充满黑暗、恐怖和非人性，那么，在那个未来世界里必须承受最大苦难的，只能是年轻的你们。因此，你们必须在当下的现在创造出

明亮、生动、确实体现出人的尊严的未来，而非前面说到的那个充满黑暗、恐怖和非人性的未来。我憧憬着这一切，确信这个憧憬将得以实现。为了把这个憧憬和确信告诉北京的年轻人以及东京的年轻人，便把这尊老迈之躯运到北京来了。之所以这么做，是因为已然七十一岁的日本小说家，要把自己现在仍然坚信鲁迅那些话语的心情传达给你们。

对于这段话语中出现的通往“充满黑暗、恐怖和非人性的未来”之可能性，大江无疑是悲观的，却决不是绝望的，他企盼并憧憬着孩子们通过自己的努力，免于陷入“充满黑暗、恐怖和非人性的未来”，并且借助鲁迅的话语引导孩子们“希望是本无所谓有，无所谓无的。这正如地上的路；其实地上本没有路，走的人多了，也便成了路”。大江之所以对孩子们讲述以上这段话语，是因为熟知欧洲人文主义历史的他知道，人文主义的法文单词 humanism 源于深受古希腊文化影响的罗马人用拉丁文表述的 humanitas，意为“通过‘教化’使人合乎其本质，使人变成具有理想的‘人性’的人”。就这个意义而言，“人文主义在本质上就是希腊的‘教化’或‘教育’”，从民本主义者升华为人文主义者的大江当然会不遗余力地在《两百年的孩子》等诸多小说内抑或小说外，从不停歇地实践着这里所说的“教育”，期待中国和日本乃至全世界的孩子们都能“在当下的现在创造出明亮、生动、确实体现出人的尊严的未来”：

> 惟有北京的你们这些年轻人与东京的那些年轻人实现真正意义上的和解，并在此基础上展开友好合作之时，鲁迅的这些话语才能成为现实。请大家现在就来创造那个未来！
>
> 我想：希望是本无所谓有，无所谓无的。这正如地上的路；其实地上本没有路，走的人多了，也便成了路。